EL ENCANTO

El tesoro de los hermanos Perales

Esta novela es producto de la imaginación del autor, cualquier parecido con la realidad es pura coincidencia

Juvenal Ramírez Gallo

El Encanto

El tesoro de los hermanos Perales

NOVELA

Título: El encanto – El tesoro de los hermanos Perales
Autor: Juvenal Ramírez Gallo
Editor: Idelfonso Juvenal Ramírez Gallo
Av. Las Calezas 349 – Rímac – Lima - Perú
2a. edición – diciembre 2023
Depósito Legal N°2023-13003
ISBN: 978-612-00-9280-4
Impresión bajo demanda

*Para mis hermanos y hermanas cuyo recuerdo
me devuelve al lugar que nos vio nacer.*

Y

Para

Mercedes,

Muriel

y Estefanía

que me impulsan.

Capítulo uno

Cuando Emilio se enteró por la radio, del accidente de carretera en la panamericana, entre un pesado camión cargado de plátanos y una camioneta con placa de Lima, se imaginó quiénes iban en el vehículo más pequeño, por eso se montó en su motocicleta y se dirigió al lugar del suceso, ubicado entre la ciudad de Zorritos y el pueblo de Cancas. Su desesperación por llegar pronto, lo hizo conducir a excesiva velocidad, de modo que, al cruzar el pueblo de La Cruz, su motocicleta se elevó como en un circuito de motocross, al pasar sobre un rompemuelles, o giba como dice en los avisos, construido para obligar a los conductores a reducir la velocidad y evitar que las personas que cruzan la carretera sean atropelladas.

Los casi sesenta y cinco kilómetros que separaban la ciudad de Tumbes del lugar donde ocurrido el accidente le parecieron infinitos.

Cuando llegó, se confirmaron sus sospechas: se trataba de la misma camioneta pick up doble cabina en la que viajaban su amigo César, Aurelio y Joel. A pesar de estar totalmente destruida, Emilio pudo reconocerla por una calcomanía pegada en las barandas cromadas que decía «Acos Vinchos», recuerdo de un viaje de Joel al pueblo de Francisco García.

—Todos los ocupantes han muerto —le dijo un reportero local, al que Emilio conocía.

—¿Todos? ¿Estás seguro? —preguntó consternado.

—Sí, los tres, no hay sobrevivientes —le aseguró el reportero—. La han hecho «pan con pescado» entre el camión y el tráiler.

—¿Sabes sus nombres? —volvió a preguntar Emilio, pero con voz muy bajita, casi susurrando, con un hilito de esperanza de que se tratara de otra camioneta.

—No —dijo el periodista y se fue corriendo a cubrir la noticia en otro sitio, porque estaba llegando un jefe policial.

Un testigo que había escuchado las preguntas de Emilio, al pasar por su lado le dijo:

—Dicen que uno se llamaba Yoel.

A Emilio ya no le quedaron dudas de que los otros muertos eran Aurelio y César.

Preguntó a dónde habían llevado los cadáveres y le dijeron que a Tumbes. Decidió ir a buscarlos. Se imaginó que podría ayudar en algo, aunque sea para reconocer los cuerpos, porque dudaba que hubiera alguien en esta ciudad que lo pudiera hacer.

Antes de volver quiso mirar de cerca al montón de fierros en el que se había convertido el vehículo, pero un policía le impidió que se acercara, porque había peligro de explosión, le dijo.

Ya no había más que hacer en el lugar y entonces, se subió a su moto otra vez y condujo ahora muy despacio, pensando en la fragilidad del ser humano y en lo efímero de la vida. «Tanto esfuerzo para que todo acabe en un instante».

La corneta de un camión lo sacó de sus pensamientos y asustado se salió de la pista y desde la berma sintió como lo adelantaban agitando el aire y envolviéndolo en una nube de polvo y pajillas removidas del borde de la carretera. «desgraciado» pensó lleno de ira. Entró de nuevo a la pista y aceleró para mantener el ritmo de la circulación de los vehículos y no le vuelva a pasar lo mismo.

Llegó hasta la puerta de la morgue en la calle Belaúnde. Dos policías restringían el ingreso, uno en la vereda al costado de una reja negra; y detrás de esta el otro, autorizando o impidiendo el acceso.

Emilio se presentó con el policía de adentro y le manifestó que quería reconocer a los cadáveres.

—¿Es usted familiar? —le dijo el uniformado cerrando la reja que había abierto para que pase alguien autorizado.

—No.

—Entonces no puede ver a los cadáveres. Solo familiares. Hágase a un lado por favor.

—Pero no tienen familia en esta ciudad. Yo los conozco y puedo ayudar a identificarlos.

—Ya no es necesario, ya han sido identificados —dijo tajante el policía.

—Eso no puede ser, porque no tienen familia en esta ciudad —insistió Emilio.

—¿No? Esa señora que acaba de salir es la esposa de uno de ellos —dijo el uniformado señalándole con un ademán a una mujer caminando encorvada entre sollozos y sostenida por un hombre con tatuajes en los brazos.

—Tal vez estamos hablando de casos diferentes. Yo estoy preguntando por los que han muerto en el accidente de la panamericana —dijo Emilio ante la aparente equivocación.

—De eso estamos hablando —dijo el policía ya mortificado.

—¿Y ella es la esposa?

—¿Qué no me escuchó la primera vez? —replicó rápidamente el policía y con el fastidio dibujado en el rostro, llamó a su compañero que estaba al costado, en la vereda. —¡Rogelio, ayuda al señor!

—Sí señor, qué desea —dijo Rogelio con gesto impaciente, moviéndose apenas un paso de su sitio, para que sea Emilio el que vaya hacia él y despeje la entrada.

—Quiero entrar para identificar a los cadáveres —dijo Emilio armándose de paciencia.

—¿Qué le ha dicho mi compañero?

—Que no puedo pasar.

—¿Y entonces? ¿Qué parte de «no puede pasar» no ha entendido?

—Pero es que quiero pasar —dijo Emilio con gesto desafiante.

—Identifíquese —dijo Rogelio, que al parecer no le gustó la respuesta de Emilio, moviendo su mano hasta la empuñadura de su porra.

—¿Me va a dejar pasar?

—Ya se le ha dicho ¡que no!

—Entonces, ¿para qué quiere que me identifique? —dijo Emilio con una sonrisa falsa.

—Porque está obstruyendo.

En otras circunstancias a Emilio le hubiera gustado seguir la discusión, aunque eso implique terminar en el calabozo, pero ahora tenía otras preocupaciones en su cabeza. Se dio media vuelta y se alejó. El policía tampoco insistió y volvió a su posición inicial.

Mientras se alejaba de la puerta, vio a la señora que el policía decía que era la esposa de uno de los accidentados. Se apresuró para alcanzarla. Ya cerca, esperó que aminore en algo su llanto, pero al ver que no cesaba y que cada vez se alejaba más mientras se sujetaba del brazo del hombre que la acompañaba, se animó a hablarle.

—Disculpe —dijo dirigiéndose al hombre, porque la mujer parecía que no estaba para responderle.

—Periodistas no, por favor —dijo el hombre y apuró el paso.

—No soy periodista, no soy periodista —dijo Emilio apartándose un poco para que aquel hombre no se sienta acosado.

—¿Y entonces que quiere?

—Quiero saber de quién es familiar, porque yo conocía a los fallecidos y quisiera ayudar.

La mujer se detuvo para mirar a Emilio y con gesto de incredulidad le dijo:

—¿Usted es amigo de mi Felipe?

A Emilio le pareció que le hablaba con desprecio o con resentimiento, pero no recordaba que alguno de los fallecidos se llamara también Felipe.

—De César y de Aurelio —dijo Emilio esperando que la mujer reconozca los nombres.

—¿De César y Aurelio? ¿Qué está diciendo este señor?

—Ya no molestes compadre, respeta —dijo el hombre acompañante.

—¡De Joel, también! —le alcanzó a gritar, pero ya no le respondieron.

Emilio no entendía lo que estaba pasando, trataba de poner en orden sus pensamientos, mirando, sin ver, la entrada al local, cuando fue tocado en la espalda.

—¡Pucha qué terrible! —se escuchó una voz que le pareció conocida y se volteó rápidamente buscando a la persona que hablaba.

—¡César! —gritó Emilio y lo abrazó como si lo volviera a ver después de mucho tiempo.

El recién llegado, no entendía la efusividad de su amigo porque se habían visto recién ayer en la noche.

Emilio, antes de que César diga nada le preguntó:

—¿No ibas en la camioneta?

—¡Claro que no! —dijo extrañado de la pregunta.

—¿Aurelio tampoco?

—No lo sé, me parece haber escuchado a Joel decir que Aurelio viajaría en avión, pero no estoy muy seguro.

—Si Aurelio no estaba en la camioneta, ¿quiénes son entonces los fallecidos?

—Uno de ellos debe ser Joel.

—¿Y los otros pasajeros?

—Uno podría ser algún amigo, porque cuando nos despedimos hoy muy temprano, me dijo que le gustaría irse caleteando por las playas para disiparse un poco, y que buscaría, o ya lo había contactado, a un amigo que tiene en esta ciudad para ver si quería acompañarlo cuando menos hasta Piura.

—Sin Aurelio, entonces —dijo Emilio, que no le terminaba de entender.

—Yo creo que sí. Lo más probable sería que los hermanos quieran compartir con sus familias los acontecimientos recientes.

—¿Y el tercer pasajero?

—No tengo idea.

—¿Y tú por qué no fuiste con él, si tu destino es Chiclayo?

—Porque no tengo tiempo para ir caleteando. Tengo cosas que hacer —dijo César haciendo una mueca de fastidio.

—Bueno, ha sido una suerte, en todo caso. Tus «cosas que hacer» te han salvado la vida.

—Sí, es increíble, que en dos días me haya salvado dos veces.

—La suerte, amigo —dijo Emilio.

—La mía, porque la de Joel; y la de los otros dos, todo lo contrario. La muerte agazapada los esperaba en Cancas para darles el zarpazo. Me parece mentira. Hoy en la mañana he visto a Joel, estaba contento. Y lo más terrible, es que la muerte es para siempre, aunque después de lo que les ha pasado a los Perales, ya no sé. Lo que sí sé es que, del cuerpo, no pasará mucho tiempo para que solo queden unos huesos que nadie reconocerá. A este Joel, recién lo he conocido, pero me pareció buena gente, hasta en los peores momentos de nuestra aventura. Si me hubieran dado a escoger entre él y Aurelio, lo habría escogido sin parpadear, aunque lo que digo parezca una herejía.

—No digas eso, que no sabemos si Aurelio todavía está en el avión.

—Es que Aurelio no es, o no ha sido, buena persona, aunque ahora pareciera que ha cambiado gracias a lo sucedido en el Encanto, pero me temo que ese cambio sea solo en la superficie. Lo mismo que el hermano. No he podido establecer quién ha sido el peor conmigo. Ambos malos, con su propio estilo. Digo que han sido, porque ahora parecen ser diferentes al menos entre ellos. Vinieron llenos de odio y regresan amistados, como verdaderos hermanos. En fin, espero que les dure. Que cuiden lo que acaban de recibir como el tesoro más grande de sus vidas; aunque casi estoy seguro de que el cambio es solo entre ellos y no con las demás personas.

César dijo esta especie de discurso mirando fijamente la puerta del local donde estaban los restos de Joel, como una oración fúnebre o un homenaje póstumo.

—¿Qué ha pasado con Aurelio? Te noto amargado.

—Hoy, al despedirme le pregunté, frente a su hermano, cuál era mi situación. Me quedó a pagar los pasajes y los viáticos.

—¿No te los ha reconocido?

—Ni siquiera me contestó, solo se miraron entre ellos y de lo más tranquilo Lorenzo, el hermano, me dijo «No te preocupes que todo va a estar bien», pero eso ya me lo ha dicho antes y nunca ha estado bien. De mi empleo ya ni quise preguntar.

—Ten paciencia, es probable que te llamen después de saborear su nuevo estado.

—Eso espero. Cambiando de tema: ¿sabes dónde está la camioneta chocada? —dijo César.

—Debe estar en el mismo sitio donde ocurrió el accidente, ¿por qué?

—Por mi computadora.

—¿Cuál computadora? No te entiendo. Habla claro.

—Mi laptop, la dejé en la camioneta, me olvidé de sacarla.

—¿En la del accidente?

—Exacto. La puse en el piso, debajo del asiento delantero cuando vinimos de Lima, luego por la rapidez de los acontecimientos me olvidé. Ahora en la mañana me acordé y me fui a buscar a Joel, lo encontré por partir, nos pusimos a charlar y me volví a olvidar.

—No te lo puedo creer.

—Créelo. Lo sucedido creo que me está afectando también, tal vez por eso estoy olvidando las cosas.

—¿Y si la vamos a buscar?, tal vez no se ha hecho nada.

—¿Tú crees?

—Es cuestión de ver. Vamos tengo movilidad.

Se fueron en la moto de Emilio y el viento húmedo de la costa que les golpeaba en la cara, los animó y les alivió un poco la pena por Joel.

La camioneta todavía estaba a un costado de la carretera en un charco de agua, aceite, sangre y gasolina. La habían hecho «pan con pescado», como dijo el reportero. Los dos pesados camiones que la aplastaron habían sido apartados como veinte metros por cada lado, para prevenir las consecuencias de un incendio.

—Es esa la camioneta —dijo Emilio señalando al montón de fierros retorcidos por el impacto y cortados por los bomberos que rescataron a los accidentados.

—Carajo, no ha quedado nada, pero de todas maneras quiero mirar —dijo César y salió corriendo en dirección al vehículo destruido, pero alguien le salió al paso.

—No se acerque que es peligroso —le dijo el hombre.

—¡¿Joel?! ¡Joel! ¡Emilio, es Joel!

César gritaba y saltaba como un loco, mientras alrededor la gente, las voces de hombres, mujeres y niños se mezclaban como en una letanía gritando:

—¡Va a explotar! ¡Va a explotar!

Al mismo tiempo que alguien o algunos lo empujaban. Hasta Emilio lo cogió para alejarlo, cuando a sus espaldas se escuchó los gritos de horror de los curiosos.

Se volteó a mirar a igual que Emilio y pudo ver como una bola de fuego consumía a la camioneta y el chofer de uno de los camiones con un extintor en las manos esperaba proteger su unidad, por si el fuego se extendiera.

Durante las carreras y los empujones no se había soltado de Joel. Sí, era Joel.

Disipada en algo la sorpresa, los recién llegados repararon en los dos hombres que acompañaban a Joel y que habían ayudado a retirar a César, eran los hermanos García que conducían las otras dos camionetas, solo faltaba Aurelio para que estén completos. Se abrazaron todos en silencio, se sentían hermanados.

—¿Cómo es posible? Me dijeron que uno de los pasajeros tenía tu nombre —dijo Emilio.

—Me robaron —dijo Joel.

—¿Te robaron? ¿Después de que nos despedimos? —preguntó César.

—Sí, minutos después. Me encañonaron tres sujetos.

Le habían quitado la camioneta minutos después de separase de César y antes de que

Aurelio baje de su habitación en el hotel para decirle que se regresaba en avión con su hermano. En la comisaría a donde fueron a poner la denuncia, les avisaron del accidente. Aurelio tenía que irse al aeropuerto y él se vino a ver su vehículo.

—¿Y ustedes cómo se enteraron? —les preguntó Emilio a los hermanos García.

—Nosotros salimos adelante y Joel se quedó listo, solo esperando a Aurelio, por eso no nos explicábamos que no nos alcancen si íbamos despacio, hasta que escuchamos las noticias —contestó Francisco, que era el más hablador.

—Por tu culpa casi me encarcelan, una mujer casi me insulta y un hombre casi me pega —dijo Emilio riéndose y dirigiéndose a Joel.

César seguía abrazado de su amigo que ya creía muerto, como enajenado, afirmando con la cabeza lo que decía Emilio.

Se detuvieron a mirar a la camioneta que ardía.

—Adiós, compañera —dijo Joel.

—Adiós computadora, adiós, tesoro mío —dijo César.

—¿Qué dice? —le preguntó Joel a Emilio, creyendo que César estaba diciendo incongruencias.

—Adiós computadora, dice —contestó Emilio.

—¿Por qué dices eso? —dijo Joel dirigiéndose a César.

—Ya has visto lo que le ha pasado a mi laptop —volvió a hablar César.

—¿Qué dice? —volvió a preguntar Joel.

—Es que en la camioneta había dejado su laptop y ahora está ardiendo —aclaró Emilio.

—Ah, ya; ¿y por qué dice adiós, tesoro mío? ¿por la computadora?

—Ah, muy simple, ahí se fue la contraseña de la cueva —dijo César.

—No te entiendo nada —dijo Joel.

—Ni yo —dijo Emilio.

Los García, miraban a unos y otros entendiendo mucho menos de lo que hablaba César.

—Ah, es que no estuvieron en la cueva cuando la abrimos. Pero sí saben que recité unas palabras en quechua.

—Eso es lo que dijiste —dijo Emilio.

—Bueno, esas magníficas palabras mágicas se han ido —dijo César.

—¿Pero no tienes copias? —preguntó Emilio incrédulo.

—Sí, tengo una en mi cerebro.

—¿Te la sabes de memoria? Entonces no hay problema.

—Eso creí, hasta el día que las recité. Yo creía estar listo para hacerlo de memoria y no pude recordarlas, menos mal que las llevé anotadas en un papel.

—Entonces tienes una copia en un papel —dijo Joel.

—No. Ese papel se mojó y sin darme cuenta lo deseché.

—¿Me quieres decir, que la llave para abrir el Encanto se acaba de quemar y no tienes una copia? —dijo Emilio riéndose.

—Eso es lo que trato de decirte hace rato.

—¡Qué negligencia! ¡Debes estar loco! —dijo Emilio con asombro y al mismo tiempo no podía evitar la risa.

—No te preocupes, es seguro que recuperaré mi memoria como los Perales recuperarán sus antiguos hábitos.

—Cuando eso suceda me avisas —dijo Emilio.

—¿Cuándo lo Perales recuperen sus malos hábitos, o cuando yo recupere la memoria?

Los cinco largaron las risas, que hizo que los curiosos aun presentes los miraran como a bichos raros.

Capítulo dos

César conoció a Lorenzo Perales en un viaje que hizo a las ruinas preincaicas de la fortaleza de Kuélap, en Chachapoyas. De hecho, sucedió cuando recorrían la ciudadela con un guía cuyas descripciones del lugar eran para el gusto de César, muy elementales o dirigidas a conseguir la sorpresa fácil del visitante; por eso se retrasó del grupo, para observar lo que a su gusto era más interesante, coincidiendo en algún momento con Lorenzo a quien le dio una información, afirmando que era poco conocida, sobre el sitio; lo que fue suficiente para captar su interés y continuar caminando a su costado, emocionado por las explicaciones de César acerca de hasta la composición y la procedencia del material de los monumentos. Al final del recorrido, Lorenzo se ofreció para traerlo a la ciudad. César, aceptó de inmediato. La compañía les resultaba beneficiosa a ambos, a uno le proporcionaba compañía y con quién conversar, sobre todo, ya que viajaba solo y no andaba de turista si no trabajando en la venta de los productos de su empresa; y se había dado una escapada para conocer las ruinas preincas de las que todos hablaban, más ahora que habían inaugurado un teleférico; y al otro le ahorraba el incómodo viaje en el transporte público

Los cerca de treinta y ocho kilómetros, de vuelta a Chachapoyas desde Nuevo Tingo, se les hizo cerca. Lorenzo habló de sus negocios, de su empresa y le ofreció trabajo si alguna vez tuviera dificultades. César, por su lado, le contó que su presencia se debía a su deseo de conocer el nuevo teleférico, le contó lo que sabía sobre la fortaleza y que no aparecía en esos folletines que Lorenzo había comprado, ni tampoco lo decían los guías; también le dijo César que todavía quedaban muchos tesoros de los incas por descubrir y que no estaban en los sitios arqueológicos, a los que accedían solo las personas autorizadas, si no regadas a lo largo del *Qhapac Ñan,* el camino inca que recorría el imperio y llegaba hasta Quito, en sitios a los que cualquier persona podía acceder.

—¿Cómo es eso? —preguntó muy interesado Lorenzo, cuando César llegó a este punto.

—Tú sabes que cuando capturaron a Atahualpa, es decir cuando los españoles al mando de Francisco Pizarro capturaron al inca Atahualpa en Cajamarca, este ofreció un cuarto lleno de oro y otros dos llenos de plata.

—Sí, claro, eso se estudia en el colegio —dijo Lorenzo.

—Sí, desde luego. Pero lo que no se estudia es que Pizarro no esperó a que llegaran todos los envíos de tesoros y mató al prisionero. Los transportadores que por el camino se enteraron del fin de Atahualpa, buscaron el mejor lugar para ocultar el valioso cargamento, como cuevas, lagos o huecos.

—¿Y cómo saben eso? —dijo Lorenzo, contra su costumbre de dar por cierta cuánta cosa extraña llegaba a sus oídos.

—Bueno, en realidad son leyendas, pero se asegura que muchos han encontrado tesoros gracias a ellas.

—El problema es saber dónde exactamente buscar.

—Sí, los datos son muy imprecisos, pero se dice también que los indios transportadores dejaron algunas marcas e hicieron unos mapas en piedras o en pellejos.

—¿En pellejos?

—En cueros de llama o alpaca curtidos. Las marcas las hacían con una punta caliente de oro o piedra, aunque algunos dicen que son falsos, que en cambio usaron láminas de oro o plata donde repujaban una especie de mapa o croquis.

César se dirigía a Lorenzo con gran seguridad, como si estuviera dando una conferencia a sorprendidos estudiantes de primer ciclo, en la escuela de arqueología.

—¡Qué interesante! Ya quisiera yo tener un mapa y encontrar un tesoro, para no trabajar todos los días —dijo Lorenzo rendido a la posibilidad de la riqueza rápida y fácil.

—Para no trabajar todos los días. Si tú dices eso, que tienes una empresa que te da un ingreso y te permite un viaje como este —dijo César lisonjeramente— imagínate yo, que ni siquiera logro un trabajo estable en mi carrera —agregó quejándose.

—No creas, las cosas a veces no son como parecen, tengo un socio que es más problema que ayuda —dijo Lorenzo riéndose.

—¿No eres solo en el negocio?

—No, para nada.

—De todos modos, peor es trabajar para otro. Como socio siempre vas a ganar más y depende de cuánto esfuerzo le pongas.

—A veces pienso que mejor sería trabajar para otro, porque mi socio me mezquina todo, hasta para hacer este viaje he tenido que prácticamente pedir permiso y pagarle para que supuestamente cubra mi ausencia. Y no es por diversión. Estoy trabajando. Al volver tengo que pelear para que me reconozca la comisión de mis ventas. En fin, esa es otra cosa.

—Sí. Es otra cosa —dijo César que no tenía interés en saber los problemas de Lorenzo con su socio.

—¿Y a ti cómo te va? ¿Cuál es tu carrera? —dijo de pronto Lorenzo, cambiando la dirección de la charla.

—No sé si ya te dije que soy arqueólogo.

—Interesante carrera, por eso sabes tanto de ruinas y tesoros.

—Interesante, sí. Pero poco remunerada.

—Ya llegará el día en que te encuentres un tesoro —dijo Lorenzo, al tiempo que largó una carcajada, tratando de hacer más amena la conversación y para quitarle el tono de queja que le estaba dando César.

El arqueólogo lo siguió en la celebración y dijo:

—Aunque ese no es el propósito de mi profesión, sí me gustaría dar con un tesoro. ¿A quién no?

—Es cuestión de seguir buscando, así tal vez un día encuentres el mapa del tesoro, ja, ja.

—En verdad ya tuve oportunidad de participar en una búsqueda, con mapa y todo. Como en las películas —dijo César sonriendo.

—¿Y encontraste algo? —se interesó Lorenzo.

—Únicamente picaduras de mosquitos —dijo César, con una sonrisa amargada.

—¿Nada? —dijo Lorenzo, sonriendo también, volteando la cabeza intermitentemente para mirar la carretera y la cara de César.

—No, nada, pero tuve acceso a mapas y croquis auténticos; y hasta me regalaron uno considerado falso, pero que yo creo que puede ser copia de un auténtico.

—¿Y lo tienes? —dijo Lorenzo interesándose cada vez más.

—Ya no, pero lo tengo en mi cabeza —mintió César.

—¿Y por qué no vas en su búsqueda?, del tesoro, digo.

—No sé dónde se encuentra exactamente, aunque tengo una teoría y esta es que, esos mapas no son de la zona en la que buscamos. Hay un error.

—¿Y dónde fue eso?

—Eso qué.

—¿Dónde participantes en la búsqueda y obtuviste los mapas? ¿Por aquí, por estos sitios?

—Ah no, creí que te lo había dicho. Fue en el Ecuador.

—Ya. Y los mapas son de allá, claro —dijo decepcionado Lorenzo.

—Sí, pero creo que no son del sitio donde buscamos.

—Pero será de por ahí cerca de todas maneras.

—No lo sé, me atrevería a decir, que puede ser hasta en Perú.

—¿Perú? ¿Por eso que andas por aquí? —dijo Lorenzo.

—No de por aquí, sino más al norte.

—Más al norte, está el Ecuador, otra vez.

—Más al norte, pero por la costa. Por la frontera.

—¿Y por qué no vas a buscar?

—Porque no estoy seguro del lugar exacto como ya te dije. He estado averiguando y hay dos o más sitios que podrían ser.

—¿Y por qué no empiezas, por el primero, como en todo?

—Porque se requieren recursos. Yo tengo que mantener a una familia, comer y vestirme —dijo César resignado.

—¿Y por qué no buscas un socio? —dijo Lorenzo, pensando en él mismo.

—Es difícil. ¿Cómo lo haría? ¿poniendo un aviso en el periódico? Que diga tal vez: «Se busca socio para buscar un tesoro». No, imposible.

—Tienes razón. ¿Y si yo te consigo un socio? —dijo Lorenzo, soltando su propuesta, así como si nada.

—¿Tú? —Dijo César denotando sorpresa.

—No. Yo no, pero sí a alguien con dinero para la búsqueda.

Lorenzo no quería que el arqueólogo piense que el interés era personal.

—Sería muy interesante —dijo César con voz neutra, ocultando también su esperanza de hacerse de un socio.

La conversación sobre la búsqueda del tesoro quedó hasta allí porque César tenía que retornar a Lima y a Lorenzo todavía le faltaban clientes por visitar. Antes de separarse intercambiaron números telefónicos y promesas de volverse a encontrar. A César, a pesar de lo que dijo Lorenzo, le quedó la sensación de que esto sería como una anécdota más con gente que se interesaba en noticias exóticas, en lugares exóticos y que al volver a su hábitat se olvidaban del asunto.

Pero al parecer estaba equivocado, porque después de una semana recibió una llamada de Lorenzo para preguntarle si estaba interesado en ser vendedor de ciertos artículos. Como era de esperarse, César le dijo que él no sabía nada de ventas.

—No te preocupes por eso —le dijo Lorenzo.

—¿Cómo no me voy a preocupar?

—Nosotros te capacitamos. Tenemos un ingeniero que es un *trome*.

—Pero yo estoy en Chiclayo —dijo César, que no le atraía mucho la idea. Hubiera preferido que la llamada se relacionara con la búsqueda del tesoro más que con vender cosas.

—Justamente necesitamos un vendedor para esa zona. Lo puedes hacer en tu tiempo libre si quieres. Te pagamos una comisión por ventas y si pasas de un tope que es muy bajo, te damos un sueldo básico —argumentó Lorenzo.

—¿Y cómo me van a capacitar? —dijo César para sopesar la oferta.

—Te vienes para Lima, te capacita el ingeniero y ese mismo día te regresas. Puede ser un sábado.

A César empezó a interesarle la idea.

—¿Y el costo de pasajes y alimentación? —Quiso saber para terminar de animarse.

—Por el momento corre por tu cuenta, pero eso ya lo vemos después, necesito convencer a mi hermano, mi socio, que es medio *durango*, pero ya de eso me encargo yo.

—¿Me lo van a reponer? —César quería que Lorenzo se comprometa.

—Ya de eso no te preocupes que yo me encargo —dijo Lorenzo para disiparle las dudas a César y fiel a su estilo, no decía con claridad si le reconocerían los gastos o no.

—Déjame pensarlo y yo te llamo —dijo cautamente César.

—Pero qué vas a pensar hermano, es una ayuda que te quiero dar, porque cuando nos conocimos me caíste muy bien —Lorenzo aplicaba todas sus técnicas de convencimiento, porque en verdad la noticia del tesoro le daba vueltas en la cabeza y quería tener cerca al arqueólogo, para saber más y así tal vez convertirse en socio.

A César le pareció que no arriesgaría mucho, aun teniendo que pagar su pasaje a Lima. Por el momento tenía un puesto seguro en un colegio; y una entrada más, sin comprometer su actual trabajo, no estaría mal.

—¿Cuándo tendría que ir a Lima?

Lorenzo sintió que ya lo tenía en la bolsa, una vez más su chamullo, como el mismo decía, le había dado resultados a su gusto.

—Este sábado… Veamos… estamos miércoles, sobrado. Vente el viernes en la noche y el sábado a las nueve de la mañana te reúnes con el ingeniero y al medio día ya estás desocupado, te invitamos un menú y quedas libre para que des un paseíto por las calles de la capital.

—Listo, entonces llego el sábado; y gracias.

—No hay por qué agradecer hermano. Te esperamos entonces —dijo Lorenzo satisfecho. Contento.

Así empezó la relación de César con los hermanos Perales. Porque el socio de Lorenzo era su hermano Aurelio Perales, como se lo había dicho de refilón, según su costumbre de enmascarar una verdad incómoda.

Según lo acordado, César llegó a Lima el sábado a las seis de la mañana. Tomó un desayuno ligero en la misma terminal de autobuses y antes de las nueve estaba esperando en la puerta de la tienda «Superart», en el centro de la ciudad de Lima. A las nueve llegó Lorenzo y abrió la puerta del negocio.

Le agradeció por haber venido y lo presentó a los trabajadores de la empresa, como el nuevo vendedor en el norte. Lo llevó a una oficina que compartía con su hermano Aurelio. Le recomendó que en ninguna circunstancia le cuente a su hermano sobre el tesoro del que le habló a él.

—Mi hermano está por llegar ¿has traído tu hoja de vida? —Dijo Lorenzo, una vez instalados en la oficina.

—¿Mi *currículum vitae*? —preguntó César.

—Eso mismo. Es porque mi hermano lo ha pedido. Pero no te preocupes, que todo está arreglado.

Minutos después hizo su aparición Aurelio, saludó con un «buenos días» a su hermano y a César le extendió la mano con un «encantado».

Tomaron asiento alrededor de una mesa para seis asientos, con los hermanos en las cabeceras.

—Este es su currículo —dijo Lorenzo, alcanzándole un folder de cartulina amarilla a Aurelio.

—Veamos… César Martínez de Chiclayo, ¿arqueólogo? —dijo Aurelio, ojeando la primera página.

—Así es, señor.

—¿Y por qué te quieres dedicar a las ventas? —dijo Aurelio sin apartar la mirada del papel.

César miró con sorpresa a Lorenzo. Estaba aquí a insistencia de él.

—Yo se lo he propuesto, porque le he visto condiciones para que asuma el puesto de vendedor en esa zona, en la que no tenemos a nadie desde que renunció Andrés —dijo Lorenzo apuradamente.

—Ah, ya. Está bien —dijo Aurelio como dándole la aprobación.

Miró las páginas siguientes donde César indicaba su experiencia laboral en excavaciones, catalogaciones y preservación de piezas arqueológicas. Al fin dijo:

—Muy bien, ¿cuándo empiezas?

—Tan pronto regrese a su tierra. Ahora tiene una capacitación con el ingeniero —se adelantó Lorenzo.

La capacitación se hizo en el almacén y con la presencia de dos vendedores más, para aprovechar la presencia del ingeniero, ya que este cobraba por hora y no por número de asistentes.

A César le quedó la impresión de que Aurelio era más serio en el trato que el hermano, pero más calculador; cada respuesta era rumiada con cierta desconfianza, pero sin darlo a entender, cuidándose en general de descubrir sus emociones.

Terminada la reunión con el ingeniero, Lorenzo lo llevó a almorzar un menú de doce soles, por ahí cerca en el jirón Huallaga, donde pediría factura por consumo a nombre de la empresa para después pelear con su hermano el reintegro.

—Quiero insistir en que lo que me contaste en Chachapoyas, no le digas nada a mi hermano —le aconsejó Lorenzo, una vez más.

—¿Por qué no? —preguntó César, ante la insistencia de Lorenzo.

—Porque ese *weon* no cree en eso y se va a reír de ti. Mejor no le digas nada, yo sé por qué te lo digo.

A César, le incomodaba la manera como se refería Lorenzo de su hermano, intuía una mala relación entre ellos, solo esperaba que aquello no lo termine perjudicando a él.

—No te preocupes, no es mi intención andar pregonando que yo sé dónde encontrar un tesoro.

—¿Pero tú sabes exactamente dónde puede estar el tesoro? —Lorenzo volvía al punto porque quería asegurarse, antes de dar un paso adelante, lo que era extraño, porque él no esperaba mucho cuando vislumbraba una ganancia fácil, por más descabellada que parezca, lo que lo convertía, a veces, en víctima de estafadores.

—No exactamente, si fuera ese el caso ya lo habría sacado, solo tengo una corazonada de dónde puede estar a la luz de la información que poseo.

—¿Y qué información es esa? —dijo Lorenzo y César se preocupó. Si le decía toda la información, este parecía capaz de quitársela. Tal vez por eso lo había hecho venir a Lima. Le pareció que ya había hablado demasiado, tal vez era todavía momento de retroceder.

—En realidad yo no la tengo, sino un amigo en el Ecuador.

—Ah, ya. Habla con tu amigo y tal vez yo te consiga un socio, como ya te dije.

—¿Quién sería ese socio, tu hermano?

—No, ese no. Es más, si lo ubico hoy, al socio me refiero, tal vez lo lleve a verte antes de que viajes.

—Pero yo viajo hoy en la noche

—Ya lo sé, te damos el alcance. Tú dime dónde.

—En la misma agencia de transportes. Me llamas para darte la dirección.

Esa misma noche antes de que César regrese a su tierra, en un restaurante, cerca de la agencia de transportes, Lorenzo le presentó a José Beltrán, su cuñado, el que se suponía sería el socio. Quedaron en que lo pensarían cuando César tenga reunida la información y les presente un presupuesto o la lista de lo que se necesitaría.

Convertido en vendedor regresó César a Chiclayo, con un catálogo de los productos y varios volantes o *brochures* para repartir a los probables clientes. También con la posibilidad de conseguir un socio y al mismo tiempo la incómoda sensación de que ese socio no le convenía.

En su nuevo oficio de vendedor, César empezó a visitar con su catálogo bajo el brazo a sus potenciales clientes y hasta consiguió algunos pedidos que remitió a Lima para su despacho, previo depósito, que él tuvo que hacer de su bolsillo, porque los clientes no tenían por qué creer en la palabra de un desconocido que aparecía en sus tiendas con un catálogo; y los hermanos no despachaban mercancía sin que antes hayan depositado. Uno de esos pedidos no fue atendido en el tiempo debido y el cliente amenazó con cancelarlo. Desesperado porque era su dinero el que estaba en juego, llamó a

Lorenzo y este no le contestó, entonces llamó a Aurelio.

—Aurelio habla —escuchó César en el teléfono.

—Señor Aurelio, soy César. Disculpe la molestia, pero tengo un pedido, cuyo depósito ya tiene diez días y me lo ofrecieron en siete y el cliente me amenaza con anulármelo.

—Ya estaba enterado y hoy lo han despachado, recíbelo mañana —dijo Aurelio como un robot.

—Muchas gracias, señor. Y otra cosa más, discúlpeme usted, ayer cumplí quince días y no me han depositado mi quincena, como quedamos.

—La liquidación de las comisiones es mensual —dijo secamente Aurelio.

—Sí, pero ustedes me dijeron que me pagarían quincenal como adelanto de la liquidación mensual.

—Sí. Ordenaré que te hagan el adelanto.

—Gracias, otra vez.

Ya iba a cortar cuando escuchó a Aurelio decirle:

—César, ¿qué profesión me dijiste que tenías? —cambiando radicalmente de tema y de una manera que parecía indicar que había algún inconveniente con el perfil del vendedor.

—Bueno, mi profesión es arqueólogo, pero me desempeño como profesor —contestó pensando en que había un problema con su currículo.

—¿Tú le has dicho a mi hermano sobre un tesoro?

César se sobresaltó, ¿no sostuvo Lorenzo que a su hermano no se le dijera nada?

—¿Él le ha dicho algo? —dijo César confundido.

—No. Me he enterado por otra persona. Solo quería decirte que, si tienes algo concreto, me gustaría participar.

—¿Con el señor Lorenzo?

—No. Es mi hermano, pero no es muy serio. No, con él no. Sería solo entre nosotros.

—Pero ha sido con él con quién he tenido el primer contacto y además me ha dado trabajo.

—Lo del trabajo olvídate, te lo ha dado porque yo se lo he permitido. Él no puede tomar ninguna decisión sin mi aprobación.

—Disculpe, no lo sabía, pero, aun así, él me prometió un socio, que no era usted. Es más, ya le envié una lista de lo necesario para la exploración.

—Te está meciendo. Ese es el problema de Lorenzo, habla nomás y miente, por eso te digo que pienses bien si quieres seguir con él.

César ya no sabía qué pensar. Sí pues, lo que decía Aurelio, parecía ser cierto, a él también le había parecido que Lorenzo era medio *palabreado*r. Hasta ahora no le reintegraba el pasaje a Lima, por ejemplo. Pero cómo lo tomaría si se fuera con Aurelio, seguramente lo botaría del trabajo; y si se iba con Lorenzo, seguramente que Aurelio lo despediría también. Vaya problema, cuando ya le estaba gustando esto de vender.

Pasó una semana sin que los hermanos se vuelvan a contactar con él, sobre ningún motivo, las ventas y pagos los veía solo con la encargada. Ya se había tranquilizado un poco pensando que lo del tesoro no lo perjudicaría en su empleo. Hasta la noche del viernes en que recibió una llamada de Aurelio. Le dijo que viaje urgente a Lima, que su cuñado Joel lo quería conocer porque estaba muy interesado en la leyenda del tesoro y que además tenía cierta información que quería cruzar con él. Esto último animó a César a hacer el viaje. Aunque no le gustaba nada que ahora aparezca otro personaje interesado en lo mismo.

Llegó el domingo, y en el mismo terminal de autobuses, ubicado cerca al estadio nacional de Lima, fue recogido por Aurelio y otra persona.

—Él es Joel, mi cuñado —dijo Aurelio haciendo la presentación.

—Hola, yo soy César.

—Sí lo sé, Aurelio me ha hablado muy bien de ti.

—Gracias.

—Vamos a un sitio tranquilo para hablar —dijo Aurelio, mientras abría su camioneta Volvo, en la cochera donde la había dejado guardando mientras esperaban la llegada del ómnibus que traía a César.

Tomaron la vía expresa del Paseo de la República, luego la vía expresa de Javier Prado y terminaron en el óvalo de la Molina, en un restaurante de hamburguesas.

—A ver César que es lo que tienes. Seamos claros —empezó Aurelio.

—Pero yo no le he ofrecido nada a usted. No sé en qué debo ser claro —dijo César, ya acostumbrado a estos interrogatorios de gente aspirante a rica con su información y que al mismo tiempo pedían una carta de garantía, como si él estuviera comprando algo a crédito.

—Yo lo escuché a mi hermano, esa es la verdad. Yo lo escuché sin que él se entere, debo admitirlo, pero ya está, él ha hecho cosas peores en mi contra. Bueno, yo escuché que le decía a alguien, que César tiene un mapa sobre la ubicación de un tesoro. ¿Es verdad eso? —trató de explicarse Aurelio, sentado frente a César. Mientras Joel miraba la carta de las hamburguesas, como distraído.

—Bueno, sí tengo unos documentos al respecto —dijo César con cautela.

—Mira, te proponemos algo, tú nos guías y nos repartimos a la mitad. Tú la mitad y nosotros la mitad.

Joel asintió con la cabeza y dejó la carta a un lado como si ya hubiera escogido.

—Pero no es seguro que encontremos algo —dijo César sorprendido por la rapidez con la que iba Aurelio.

—Joel, creo que hay que acercarse a la caja a pedir —le dijo Aurelio a su cuñado, interrumpiendo lo que le iba a decir a César.

—¿Entonces para qué pondrán la carta en la mesa? —dijo Joel, poniéndose a continuación de pie para encaminarse a la caja.

—Vamos nosotros también —dijo Aurelio a César—Ahí en la pared está indicado lo que hay para servirse —agregó.

Los tres hombres formaron una fila frente a una de las dos cajas. César era el último, por lo que Aurelio lo animó para que se forme en la otra caja que estaba vacía.

—Aquí nomás, mientras escojo lo que pediré —dijo César, mirando los carteles que mostraban los tipos de hamburguesas y clases de bebidas.

—Entonces yo me paso, porque ya escogí —dijo Aurelio pasándose a la otra caja.

Mientras esperaba, César se pudo dar cuenta que tanto hoy como la primera vez que vio a Aurelio, este vestía con pulcritud, bien planchadito como si almidonara la ropa, a diferencia de Lorenzo que, como decían en su pueblo, vestía todo descachalandrado.

—Bienvenido, señor ¿Cuál es su pedido?

El cajero lo sacó de su ensimismamiento.

—Una de la casa con doble queso y un café americano.

De vuelta a la mesa, Aurelio retomó la conversación.

—Me decías que tenías información —le dijo a César.

—Lo que decía era que no hay ninguna garantía de encontrar algo.

—No importa. Si no hay nada, no hay nada para nadie, pero a cambio nosotros corremos con los gastos. Tú no pierdes nada.

—Pero qué va a decir tu hermano —César empezó a tutearlo, sin que Aurelio se lo haya pedido.

—¿Es que ya tienes un acuerdo con él? —Dijo Aurelio.

—No. Estoy esperando su confirmación.

—Entonces no tienen nada, pues —dijo Aurelio mirando a Joel y riéndose los dos.

—¿Por qué se ríen?, solo falta que confirme —dijo azorado César.

—Tú mismo date cuenta. Ahí lo tienes. Te está meciendo y seguramente ya está averiguando por otro sitio para sacarte la vuelta. Te lo digo yo que soy su hermano. Él es así, así ha sido toda la vida y así lo será siempre.

—¿Y contigo cómo sería, entonces? —se animó César a encararlo de una vez, para que complete su oferta.

—Mira, muéstranos lo que tienes, lo evaluamos y decidimos ahora mismo —dijo Joel.

César se preguntó quién sería este personaje, tal vez un abogado, aunque Aurelio lo había presentado como su cuñado únicamente.

—Aquí no tengo nada, cómo creen que voy a andar con algo así —César intuía trampa, por eso, aunque tuviera aquí las evidencias no se las mostraría.

—Entonces haznos una descripción global de por qué tendríamos que confiar en tu teoría —dijo Aurelio, deshaciendo un poco lo planteado por Joel al percatarse que César empezaba a desconfiar. Aurelio había sido casi toda su vida comerciante y experto en negociar.

—Bien. La cuestión es esta: resulta que yo estuve en Quito. Allí entré en contacto con personas que tenían unos mapas y otros documentos que indicarían dónde estaba el tesoro de Atahualpa, en una montaña del Ecuador. Hasta hicimos un viaje a esas montañas sin ningún resultado. Pero yo he estado estudiando esos mapas y comparando con *Google earth*, pareciera que la ubicación es otra. Mi observación pareció corroborada cuando hice un viaje a esas otras montañas que no quedan en el Ecuador, sino en el Perú. No sé si se trata del tesoro que se dice ocultó Rumiñahui, pero algo debe haber. Decía, que viajé a esa zona con una periodista, que conocía otra leyenda de los pobladores de esa zona sobre un cerro encantado en el cual había una cueva. He comparado el mapa que tengo y coincide mucho. Yo creo que ese es el lugar que aparece en mi mapa. Mi intención era regresar por mi cuenta, pero es una zona vigilada por el ejército y si se enteraban de que había encontrado algo, me quitarían todo y probablemente me desaparecerían, o al menos eso me imaginaba. Estaba en ese dilema de arriesgarme o no, pero preferí buscar a un amigo que yo conocí en Machala, casi al mismo tiempo de cuando me relacioné con la reportera, que conocía otro camino, porque era de un pueblo cercano, pero más al oeste y alejado de toda vigilancia. Quiero decir que conocí a esta persona en Ecuador, pero era peruano de un pueblo cercano a la ubicación de la cueva en cuestión. Eso me hace pensar en la factibilidad de llegar al tesoro o a lo que sea que se halla ocultado en tal cueva, sin tener que dar cuenta a nadie, sobre lo cual ya tengo pactado que, mi amigo me guíe cuando llegue el momento. Pero no puedo hacerlo solo, necesito vituallas y seguridad.

Aurelio y Joel, escucharon todo el relato de César en silencio y según la costumbre del primero, analizando cada palabra.

—¿Qué piensas Joel? —dijo al fin Aurelio.

Joel, el cuñado, era ligeramente más bajo que Aurelio y más delgado; y de vestir más informal, que miraba con los ojos entrecerrados como si tuviera miopía y los entornara para ver mejor. Guardó silencio un momento sin mirar a nadie.

—No sé, me parece verosímil y si se va a hacer algo, debe hacerse de una vez o no hacerlo nunca, porque si no lo hacemos nosotros, lo hará Lorenzo —dijo al fin, sentencioso.

—Entonces estamos adentro, como los tres socios de la conquista —dijo Aurelio, mirando sonriente a los otros.

—Pero la división será en dos partes —dijo César— no en tres como en los socios de la conquista —agregó.

Hacía lo correcto César de aclarar, porque una de herramientas de Aurelio para obtener una ganancia adicional eran los vacíos dejados a propósito en los acuerdos. Más tarde diría que eran tres las partes. «¿te acuerdas?, como en los tres socios de la conquista, dijimos»

—Ah, sí claro, era solo un decir —dijo Aurelio.

—¿Vamos a hacer un contrato o algo? —dijo César.

—No. No es necesario, todos aquí somos caballeros, además cómo vamos a firmar sobre cometer un delito. Porque es un delito, ¿no?

—Sacar un tesoro sin avisar a las autoridades, sí.

—Entonces. Confiamos plenamente en ti. Estoy de vacaciones y mi hermano tiene que continuar atendiendo el negocio. Es el mejor momento, así que nos vamos hoy mismo —dijo Aurelio cerrando la conferencia.

—¿Hoy mismo? —dijo César sorprendido.

—Sí, hoy mismo y así nos ahorramos muchas dificultades.

César no terminaba de entender cómo era que había captado el interés de estos hermanos, sobre un tema que para muchos puede parecer descabellado, más todavía, siendo empresarios acostumbrados a trabajar con cosas ciertas y predecibles. Lo que sí entendió fue que Aurelio no quería darle ninguna oportunidad a Lorenzo. Lo dejaba ocupado atendiendo la empresa mientras le robaba al probable socio. Se preguntó si realmente le interesaba algún tesoro para acumular riqueza, o solo vencer a su hermano en una nueva competencia. ¿Cómo habían llegado a esta situación los Perales? Era una pregunta que le daba vuelta en la cabeza; y algo más, ¿por qué seguían juntos? ¿Qué clase de tortura era ésta?

Después de la reunión en el restaurante, se dedicaron a preparar el viaje, reunieron en total tres camionetas doble cabina, una de ellas de dos hermanos que trabajaban en la empresa, para los asuntos de la seguridad.

Aurelio le había propuesto a Joel una cuarta parte, lo mismo que les ofrecería a los otros que lo acompañarían, lo que dejaba para César solo una cuarta parte, también, «y eso por ser buena gente», le dijo a su cuñado.

No se crea que César no sospechaba que lo despojen, si es que encontraban algo, porque sabía cómo transformaba a las personas la posibilidad de fortuna fácil, más todavía tratándose de Aurelio, por lo que conocía, o intuía, de él; por eso no dejaba de pensar en la manera de cómo evitarlo.

Capítulo tres

Si César los hubiera conocido mejor a sus nuevos jefes sabría que, siendo hermanos de padre y madre, parecían enemigos totales, pero sin dejar de ser socios; y verse y caminar juntos todos los días.

La extraña enemistad entre hermanos tenía larga data, venía desde cuando eran niños. Los celos y la envidia sin el tratamiento adecuado por sus padres, que, por el contrario, acrecentaron con una serie de malas decisiones que terminaron en convertirlos en dos seres que parecían gozar haciendo sufrir al otro.

Es verdad que no crecieron juntos, también que no compartieron juegos, si no fuera para agredirse, por turnos, según los tiempos. Primero fue Aurelio cuya mayoría de edad le daba más fuerza en los primeros años, luego Lorenzo que en la pubertad ya era más desarrollado que su hermano. Las agresiones se dieron en las narices de los padres, que solo atinaron a separarlos. Vivir separados también les dio experiencias diferentes, que mientras uno mataperreaba en una calle de Breña, el otro acudía a la iglesia en Lince con rosario y misal, que mientras uno andaba vestido como le daba la gana y a veces jugando fulbito descalzo, el otro lucía sus zapatos recién lustrados e impecablemente vestido con camisa de cuello y corbata, como un muñequito de torta. Más adelante, ya adultos, mientras uno jugaba, fumaba y se embriagaba en la playa con sus amigos, el otro practicaba ejercicios, en la casa de doña Bertha. Solo al final, cuando ya se hicieron socios, compartían la costumbre de embriagarse con los proveedores del negocio, tal vez con la esperanza de tener descuentos, o para evitar alguna componenda; y cuando coincidían en alguna reunión, nunca se retiraban juntos ni compartían un taxi o el automóvil de alguno de ellos.

Pero no dejaron de mirar lo que hacía el otro y sentían envidia cruzada, el uno lo envidiaba por andar en la calle y el otro envidiaba por andar correctamente vestido. Aurelio sentía celos de Lorenzo porque este vivía con su padre, mientras que a él lo habían enviado a vivir con doña Bertha, un familiar lejano, pensaba que su padre lo hacía porque no lo quería como a Lorenzo; y a este le venían los celos porque pensaba que el otro recibía más afecto que él, aunque sea de doña Bertha.

Cuando Aurelio visitaba la casa de los padres, por su buen comportamiento era objeto de alabanzas, mientras que Lorenzo era ignorado; y el encargado de hacer los mandados.

Pero a pesar de las envidias y celos, a ninguno de los dos les gustaría estar en el lugar del otro, o cuando menos eso manifestaban.

Hasta que Aurelio terminó el colegio fue normal que Lorenzo le pise los zapatos nuevos «para bautizarlos» o que le pase la mano sobre el cabello engominado perfectamente peinado con su rayita al costado, para despeinarlo; y ante esto doña Bertha terminaba apartando a su niñito del muchacho malcriado.

Aurelio superaba en edad a su hermano como en seis años. Nació en el sesenta; y cuando inició sus estudios primarios fue enviado a vivir con doña Bertha, un familiar lejano. La diferencia de edad le permitió que, cuando visitaba a sus padres y mientras jugaba con su hermano menor le imponga sus reglas, las que cambiaba cuando él quería; y si el otro no las aceptaba lo agarraba a trompadas o a patadas, con lo que el juego terminaba; y lejos de ser reprendido, o al menos obligado a reconciliarse, doña Bertha se lo llevaba inmediatamente; de esto se acuerda siempre Lorenzo y, según dice, le siguen doliendo los golpes recibidos; por eso, cuando cumplió los doce años y ya era un muchachote que sobrepasaba a su hermano en varios centímetros de altura y en varios kilos de peso, se moría de ganas por devolver las palizas, pero el hermano mayor siempre las evitaba. Se retiraba tan pronto veía que Lorenzo se quería volver violento, haciendo que la madre, más que nadie, le reprochara al hermano menor el que haya malogrado la reunión. La única vez que Lorenzo lo empujó y lo lanzó al piso, fue cuando ya eran muy adultos, ambos con más de cuarenta años, en el local de la empresa de la que eran socios, frente a algunos trabajadores, por lo que Aurelio presentó una denuncia policial que Lorenzo nunca contestó, aduciendo que las notificaciones jamás le llegaron; y como prueba presentó las copias con otra dirección; según su hermano, de manera tramposa. De todos modos, la demanda llegó hasta la fiscalía. Lorenzo le pidió entonces a su hermano tranzar y anular la denuncia, por el bien de la madre que aún vivía, pero ya enferma, sufría por las continuas peleas de sus dos únicos hijos. Aurelio se enterció en que se llegue hasta la sentencia y así se convirtió en el hermano malo, por lo que intervino todo el entorno familiar y terminó cediendo. Para Lorenzo fue un triunfo «gracias a su habilidad» y no gracias a la decisión de su hermano, con lo que perdieron una oportunidad más de mejorar sus relaciones.

Creciendo en ese ambiente, ¿cómo se podría esperar otra cosa? Pero ¿qué era lo que los unía?, ¿por qué se necesitaban cerca?, ¿por qué no se separaban; y punto; y seguían su propia senda? La respuesta, parecía ser de que se necesitaban el uno del otro.

Lasas peleas entre hermanos pueden ser comunes y feroces a veces, pero estas peleas los separan, ponen paredes que los apartan. No se hablan, se evitan. Pero estos hermanos andan juntos, todos los días se ven y se reúnen en la misma oficina, en la misma mesa, con una misma computadora, solo los sillones son personales.

También se sabe que la principal lucha del ser humano es por alcanzar la felicidad, aunque con frecuencia no se sabe dónde reside. Para estos hermanos parecía que la encontraban en el hecho mismo de la pelea, como si estuviera en su naturaleza, sin posibilidad de cambio, sin darse cuenta de que, al caminar unidos, si uno cae, el otro también.

Y nunca aceptaron acudir a un especialista, cuando uno aceptaba por insistencia de la madre o de su pareja, siempre se oponía el otro, parecía que se turnaran para oponerse y así pasaban de ser el bueno a ser el villano, tanto el uno como el otro; y así día tras día, año tras año.

Cuando se casaron, las dos esposas tenían la misma profesión, compraron un gran terreno en la playa para hacer sus casas y vivir uno al lado del otro. Compraron el mismo tipo de carro, de la misma marca, del mismo color y del mismo año. Cuando tenían que reunirse con un cliente llegaba cada uno en su camioneta, nunca compartían; y en esto Aurelio era el más intransigente, manifestaba con eso tener más vergüenza que el otro, o eso decía. La mala relación se extendió a las esposas, que pronto dejaron de hablarse y lograron que no construyan sus casas una a lado de la otra y que los carros ya no sean los mismos, pero sí ahora eran iguales en precio, comprados con dinero de la empresa. Si uno faltaba un día al trabajo, sin importar la causa o la gravedad de esta, el otro tenía que tomar también un día libre, si uno salía una hora más temprano, el otro también debería salir una hora más temprano. Si uno tomaba un préstamo, el otro también. Hacían todas las compras para la empresa juntos sin considerar el importe. Se acusaban mutuamente de querer robarse en las compras, inflando el precio en complicidad con el vendedor

Alguien alguna vez les preguntó por qué no se separaban. Las respuestas fueron estas:

—Aurelio: Cuando mi padre estaba por fallecer me dijo que jamás abandone a mi hermano, que deberíamos ser socios para siempre. Fue una promesa en su lecho de muerte y eso es sagrado.

—Lorenzo: Yo no pienso separarme, porque será muy difícil separar los bienes que tenemos en común. Yo no tengo problema de seguir siendo socios y si a él le incomoda, que me pague lo que le pida y ya.

La opinión de los que los conocían era de que ambos se necesitaban, que los hermanos juntos eran uno. Lorenzo era decidido y poco reflexivo, pero totalmente optimista que le atraía asumir riesgos, mientras que Aurelio era más reflexivo, pero más lento, más conservador. Para tomar una decisión importante como adquirir un nuevo equipo de producción, lo discutían hasta el agotamiento, con gritos e insultos, hasta que se ponían de acuerdo. Pero ¿Se odiaban? Cuando uno de ellos se enfermaba, el otro estaba pendiente todo el tiempo, hablaba con los médicos, compraba las medicinas y pasaba horas en los pasadizos esperando, entonces ¿Se odiaban?

De esta extraña relación, no obstante, también obtenían beneficios. Gracias al *chamullo* y a las exageradas promesas que Lorenzo solía hacer, lograban favores de otras personas para luego no cumplir con lo ofrecido por oposición del otro socio. Lorenzo ofrecía a nombre de la empresa, pero Aurelio se negaba a autorizar los pagos porque no había sido notificado por su socio. «Tú no has hablado conmigo», o «yo no te he ofrecido eso», decía Aurelio, cóbrale a él. Lorenzo terminaba convenciendo al engañado, de que él se encargaría de hacer que su socio reacio acepte pagar, cosa que nunca sucedía. No se sabía si este comportamiento era conversado entre ellos o era fortuito, pero lo cierto es que obtenían beneficios adicionales que, así como engrosaban sus arcas, perdían de su entorno a los mejores clientes o proveedores, quedándose con aquellos, que vivían del engaño, con la consecuencia de terminar pagando, habitualmente, más de lo que debían por demoras o baja calidad de lo que recibían. Cuando por falta de alternativas tenían que recurrir a un proveedor al que le debían, tenían que ponerse al día primero y luego pagar por adelantado y a un precio más alto de lo que pagaban otros clientes. Sus proveedores, clientes y trabajadores mantenían con ellos una relación hostil. Cuando un vendedor conseguía gran cantidad de pedidos, se resistían a pagarle la comisión pactada, porque les parecía demasiado; y si al contrario eran muy bajas, no les pagaban los viáticos. Bajo esas circunstancias, no era difícil que su empresa siempre ande al borde de la quiebra. Por eso la posibilidad del tesoro hizo que abandonaran rápidamente la realidad para perseguir una quimera.

Asistieron a los mismos colegios, pero no tenían los mismos amigos. Los de Lorenzo eran los palomillas, deportistas o peleadores, mientras que los de Aurelio eran los ordenaditos, limpiecitos y los *nerds*.

Estaban incapacitados para reconocer sus afectos mutuos. Su motor, no era el amor, si no una especie de negación del amor, porque ni siquiera era odio. De otro modo no seguirían juntos asociados y asociándose en nuevos emprendimientos.

El caso de Laura, la novia de Aurelio primero y Luego de Lorenzo, fue una terrible tragedia, producto indeseado, en cierta forma, de las malas relaciones entre los hermanos, que a Aurelio le dio un motivo para lanzárselo a Lorenzo las veces que podía. ¿Qué fue lo que pasó? Cuando Aurelio terminó de estudiar la secundaria, Lorenzo aún estaba en primero. Al año siguiente, se dedicó a ayudar a su padre en el negocio de venta de artículos de vestir. Empezó a tener ingresos propios y le gustó. Lorenzo también ayudaba los fines de semana bajo las órdenes de Aurelio, que, según el primero, se aprovechaba de su posición diferenciada para maltratarlo, tratándolo como a un muchacho de servicio.

Aurelio se sentía cómodo con su posición dentro del negocio, pero doña Bertha, con la que había crecido, no estaba conforme con la actual situación, ella lo había preparado para que vaya a la universidad, no para que sea un comerciante únicamente. Debía diferenciarse, como diferenciada había sido su crianza. Por eso, Aurelio se presentó a la universidad para seguir economía. Al comienzo le pareció interesante, entretenido, pero no abandonó del todo su trabajo en el negocio familiar. Estudió un año. Luego abandonó, porque su padre enfermó y tuvo que hacerse cargo de la tienda otra vez, Lorenzo ese año cumplió sus catorce años y se mostraba cada vez más inclinado a enfrentarse a su hermano y ya no estaba dispuesto a seguir recibiendo ningún tipo de maltrato. Aurelio, negaba que lo maltratara de alguna forma. Recuperado el padre, Aurelio volvió a la universidad y en ese semestre conoció a Laura, una jovencita trujillana de dieciocho años, de la que se enamoró y en su afán de impresionarla positivamente, sintió que era necesario contar con más dinero y ocupó más tiempo del que debía en el negocio de su padre, donde al mismo tiempo comprendió que ya no entraba en el mismo negocio familiar y empezó uno por su cuenta. Con menos tiempo para estudiar, le fue mal en la universidad, salvó de la desaprobación algunos cursos gracias a la perseverancia de Laura, que lo único que faltaba que hiciera por él, era rendir los exámenes. Al siguiente año ya no se matriculó. Lorenzo, por su lado cuando terminó sus estudios secundarios, manifestó su deseo, que su padre apoyó, de no ir a la universidad, dijo que primero iba a hacer su primer millón y de allí se iría a estudiar, si quería. Esto hizo que Aurelio abandone definitivamente la universidad, pero mantuvo su noviazgo con

Laura y cuando esta se graduó en el ochenta y seis, se gastó una pequeña fortuna celebrando el acontecimiento; y se le ocurrió que era tiempo de que la conozca doña Bertha, y por consejo de esta, su padre, este a su vez insistió en que debía conocerla toda la familia; y organizaron un almuerzo en la casa de los padres. Todo fue normal; desde cualquier punto de vista, una familia feliz de conocer a un futuro nuevo miembro. En esta reunión también estuvo desde luego Lorenzo. Al parecer, ahí mismo, este vislumbró una nueva manera para molestar al hermano y decidió quitarle la novia, lo que en verdad parecía una tarea difícil, pues Laura era una joven bonita de modales refinados, que iban a la par con los modales que todavía le quedaban a Aurelio y que había recibido de doña Bertha; en cambio Lorenzo se veía vulgar, inculto, y con una manera de vestir *achibolada*, con pantalones y chaquetas muy anchas que lo hacían ver ajado, ordinario; y además, era tres años menor que ella. Pero sucedió, un año después, Laura dejó a Aurelio y se fue con Lorenzo y no solo para ser enamorados, no. Al parecer a Laura le atrajo la personalidad de Lorenzo, un tipo fuerte, dicharachero, siempre sonriendo, siempre positivo y deportista, todo lo contrario del otro.

Se fue a vivir con él en un departamento que alquiló el muchacho y luego a una casa que tenía la familia en Lince, cerca de la casa de doña Bertha. No es difícil imaginarse la rabia que esto despertó en Aurelio y la satisfacción en Lorenzo. Lo peor para el despojado era que no podía hacer su cólera evidente, porque eso era darle en la yema del gusto a Lorenzo. Todo fue bien para la nueva pareja por un tiempo, un poco más de un año. Luego Laura empezó a tener arranques de esquizofrenia ¿Qué había pasado? Aurelio diría después, que era culpa de Lorenzo. Este juraba que nada tenía que ver con aquello, que la había puesto en tratamiento, que el médico le dijo que era una condición natural de Laura. Hasta que un día, la madre de los jóvenes, se enteró por el noticiero de la tarde que una joven llamada Laura de apellido igual a la pareja de Lorenzo, había muerto al ser golpeada por un automóvil, cuando la mujer caía desde un puente sobre la vía expresa. Fue una tragedia y Aurelio tuvo una nueva arma arrojadiza contra Lorenzo. Y este sostenía que a Aurelio ni siquiera le interesaba Laura, solo utilizaba su muerte para acusarlo y hacerlo ver como culpable.

Antes de que Lorenzo se una con Laura, Aurelio había vuelto a trabajar con su padre, al aumentar las ventas debido a las limitaciones a las importaciones establecidas por el gobierno y gracias a haber conseguido un proveedor nacional de una línea de productos. En esta posición siguió por casi quince años, y cuando murió el padre, los hermanos se dividieron la herencia y se hicieron socios en el mismo negocio heredado.

Capítulo cuatro

Esta historia había empezado mucho antes, en lugares distintos y en épocas distintas; y para los hermanos Perales abarcaba toda su vida. Los caminos de los protagonistas, como trazados por poderosas manos invisibles, confluyeron en un único destino, en la cueva del Encanto, para experimentar o atestiguar el radical giro de dos vidas marcadas por los celos y la envidia.

Uno de los testigos fue precisamente César Martínez, el arqueólogo chiclayano que había estudiado en la universidad Pedro Ruiz Gallo, con la esperanza de obtener empleo en las excavaciones en esa zona abundante en sitios arqueológicos, donde algunos descubrimientos devinieron en muy famosos, como muy famosos terminaron también los arqueólogos que dirigieron las excavaciones. Producto de esos trabajos fue, por ejemplo, el descubrimiento de la tumba del señor de Sipán, muy cerca del pueblo de César, donde pareciera que cada cerro que se levanta en medio de los cañaverales fue una fortaleza preinca ahora erosionada por el tiempo. Se decía que, si en las faenas agrícolas el arado se pegaba mucho al cerro, desenterraba huacos que la gente se llevaba a sus casas para usarlos como macetas, o para regalarlos, o para venderlos a turistas o personas de otros lugares. Hasta su amigo Emilio tenía varios en su casa de Tumbes, que usaba para presumir frente a sus amigos «hace mil trecientos años que manos mochicas moldearon esta vasija» decía señalando una pieza de cerámica de color negro.

La presencia de huacas cerca al pueblo de César estaba tan presente en la vida de las personas que hasta tenían un día dedicado a la búsqueda de tesoros. Ese día era el viernes santo de todos los años. Suponían en el pueblo que en semana santa los tesoros o huacas afloraban a la superficie para que los encontraran. Hasta la tumba del señor de Sipán fue descubierta por la acción de los huaqueros allá por el año de mil novecientos ochenta y nueve. El mismo César había salido en viernes santo a huaquear, cuando la vigilancia era todavía muy débil y todo el pueblo, en grupos, salía con ese propósito. La elección de la profesión de César era por lo mismo algo natural, que no sorprendió a nadie, no obstante, de que sus amigos y primos se inclinaron por carreras más convencionales como administración, ingeniería, educación o abogacía. Pero el abundante y emocionante trabajo de arqueólogo, no llegó. Aunque trabajó por breve plazo en excavaciones ganando el sueldo mínimo, su nombre jamás apareció en los brillantes letreros o descripciones en los catálogos de los grandes arqueólogos descubridores, ni siquiera en la nómina de trabajadores. El esperado gran momento no llegó, pero si llegó la hora del matrimonio, porque la novia resultó embarazada; y se vio obligado a adelantar la boda, que ya no fue de la manera en que habían soñado los novios, que habían sido educados para seguir las formalidades sacramentales; esto le significó deshonra en un pueblo chico, especialmente ante los familiares de la novia, a quiénes encontraría en el transporte, en el mercado, en las fiestas. El matrimonio significaba una familia y esta necesitaba recursos económicos. Felizmente su esposa consiguió trabajo de maestra de escuela, gracias a una ley que permitió que personas con quinto año de secundaria accedan a la carrera magisterial, con cargo a estudiar en los meses de vacaciones para obtener un título. Pero César no podía vivir a expensas de su mujer, aquello iba también contra su honor, que en estos sitios se suele extender a toda la familia.

La suerte le cambió, cuando le avisaron que estaban necesitando arqueólogos en el Ecuador y sin pérdida de tiempo enrumbó hacia allá con su maletín de lona repleto más de sueños que de ropa. Fue contratado con un sueldo mayor al que en alguna vez recibió en Lambayeque o en La Libertad, los dos departamentos en los que trabajó. Le sirvió su conocimiento de los sitios y hallazgos arqueológicos de su región y los pocos certificados obtenidos sobre su participación. Era capaz de describir, con todo detalle las tumbas de los señores de Sipán y Sicán, así como de las piezas de oro y cerámica encontradas y con las cuales se había fotografiado. Por lo demás, era un joven simpático, de tez morena, delgado pero fuerte y muy carismático, con una sonrisa amplia y franca y con hablar pausado estirando las últimas sílabas, que parecía que en lugar de hablar cantaba. Para ese entonces bordeaba los treinta y seis años y fue aquí, en el Ecuador, en Quito, donde se enteró de la leyenda del tesoro de Atahualpa, que se creía había sido escondido por un general del inca, llamado Rumiñahui. También participó en una expedición de arqueólogos, y otros buscadores, a las montañas del parque nacional de Llanganates, a buscar el famoso tesoro, con unos mapas que supuestamente indicaban el lugar exacto; y que él fotocopió. De esa expedición no resultó nada, pero por primera vez tuvo en sus manos información que parecía tener algún sentido, más allá del fracaso reciente. Se convenció de que si no obtenían resultados era porque se estaba cometiendo un error al leer los mapas, aunque no sabía cuál exactamente; eso lo convenció de que el verdadero trabajo estaba en determinar estos errores, por eso copió todos los mapas y croquis con precisión milimétrica y accedió a algunas frases en quechua como poemas, que decían eran conjuros para acceder al tesoro custodiado por el espíritu de Rumiñahui. Se obsesionó con el tesoro de Atahualpa, que si fuera verdad o mentira ya no le interesaba tanto, si no encontrar los errores que él suponía y de repente, quién sabe, se toparía alguna vez con la huaca que lo haría famoso. «La suerte un día se puede acordar que existes» se decía.

Por eso cuando su amigo Jorge Vélez, que trabajaba en el museo arqueológico de Machala, le habló de la posibilidad de acompañar a una documentalista a un sitio de su interés en las montañas peruanas cerca ala frontera, no dudó en aceptar y viajar de inmediato al encuentro de su amigo.

El interés de la documentalista había sido por Jorge, porque este era oriundo del pueblo de Cazaderos, por donde ingresarían al país vecino, pero al estar limitado de tiempo recomendó a su amigo, que, por ser peruano, pensaron que era una ventaja en caso de ser interceptados por las autoridades mientras estaban en territorio de Perú.

César se entrevistó el mismo día que llego con las personas con las que haría el viaje, una mujer como de treinta y cinco años y un hombre de la misma edad, al parecer su pareja. Convinieron partir al día siguiente antes de que amanezca. En la noche, Jorge invitó a César a cenar con un primo y un tío, este último era justamente peruano oriundo de un pueblo cerca de la zona que exploraría al día siguiente. El tío, un hombre como de sesenta años, le contó que también había una historia recurrente en el departamento de Tumbes, referida a un entierro del tesoro que iba para Cajamarca para cubrir el rescate del inca.

—¿Qué también existe esa leyenda en Tumbes? —interrogó César muy interesado.

—Sí, así es, pero no se tiene idea, de dónde podría estar enterrado, hay varios sitios posibles, incluso cerca al pueblo donde nací.

—¿Dónde naciste? —preguntó César.

—En el distrito de Casitas.

—¿Por dónde queda?

—Al sur del departamento, entre el Ecuador y la costa.

—No había escuchado nada sobre el distrito, pero sí algo sobre un tesoro escondido en Tumbes. Pueda ser que este viaje a la frontera tenga alguna relación —dijo César

—¿Por qué lado de la frontera?

—Por el lado peruano, cerca a un pueblo llamado Cazaderos, no me han dicho más.

—Te lo pregunto porque si es en el lado peruano, puede ser por Casitas.

—¿Vas a estar por aquí todavía? —preguntó César, porque no quería romper el contacto con Emilio, como se llamaba el tumbesino.

—Unos tres días todavía.

—¿En qué hotel te hospedas para buscarte a mi vuelta?

—No estoy en ningún hotel, si no en la casa de un amigo, de mi socio en verdad.

—Entonces este es mi hotel —César sacó una tarjeta de su billetera— y esta es mi tarjeta personal.

Emilio leyó las tarjetas: Hotel Bolívar, avenida Bolívar.

—Sí conozco este hotel. «César Martínez – Arqueólogo». Ok, Te busco pasado mañana en la noche ¿Está bien, o ya te regresas?

—¿No podría ser mañana mismo, cuando regrese?

—Está bien. Lo hacía para que tengas más tiempo de reponerte. Por tu viaje. Esta es mi tarjeta, allí está mi teléfono también.

—El viaje es un solo día me han dicho, porque solo quiere filmar una cueva que hay por la frontera, del lado peruano.

—Viajarán por Zarumilla, entonces.

—No por Zarumilla, si no por Loja, me ha dicho; la verdad es que yo no conozco.

—¿Frente a Cazaderos?

—Eso me han dicho—dijo César.

—Eso es por Casitas.

La expedición con la participación de César, la documentalista y su acompañante, empezó muy temprano. Viajaron por carretera en el lado ecuatoriano, en una camioneta conducida por el compañero de la mujer, y pasaron al Perú por

Cazaderos, cerca al pueblo llamado Capitán Hoyle en el lado peruano. Por el camino se les unieron dos personas más, dijeron que una era del pueblo ecuatoriano por donde habían entrado y la otra del pueblo peruano por donde habían pasado cerca. Estas personas serían los guías hasta un cerro conocido como El Barco donde se ubicaba una cueva a la que daban el nombre del Encanto. Ya en el lugar, la documentalista se limitó a filmar. No permanecieron más de una hora en el sitio y la mujer no permitió que César filmara o tomara fotos porque dijo que podía quemarle la primicia en la que había invertido mucho tiempo y dinero; y que una vez que publique su historia, le daría una copia de todo lo registrado, lo que pareció lógico, ya que era asalariado de la documentalista, como se hacía llamar, negándose a dar su nombre, lo que tampoco le extrañó porque supuso que era por su seguridad dado que había entrado ilegalmente a un país.

Regresaron al pueblo de Cazaderos por un camino alterno que los guías conocían. Almorzaron apresuradamente y siguieron por una carretera que César no conocía, aunque pudo leer un letrero que decía El Limo y luego otros que ya conocía como Arenillas, Santa Rosa y finalmente Machala donde cenaron antes de separarse; en el trayecto, la dama lo interrogó si creía, que el Encanto estaba relacionado con la historia de Llanganates.

—No lo creo —dijo César.

Al término de la cena, como a las ocho de la noche, la mujer lo liquidó por sus servicios, y se despidió sin decirle dónde podrían ubicarla, para entregarle alguna fotografía o filmación. Este comportamiento, tampoco extrañó al arqueólogo, porque sabía que los exploradores a veces tenían que moverse en la clandestinidad. A César no le quedó claro por qué la documentalista se había hecho acompañar por él. Su amigo le dijo más tarde en el hotel, que era para darle a la expedición la apariencia de investigación científica, por si fueran descubiertos.

Esa noche mientras se tomaban un café y luego una *Pilsener* en el comedor del hotel, César le contó a su amigo Jorge y a Emilio pormenores de su reciente viaje. El peruano le dijo que se podía acceder al Encanto desde su pueblo en Casitas y convinieron en que, cuando se de esa posibilidad, Emilio serviría de guía.

Al día siguiente, en su cuarto de Quito, revisó mapas de la zona para tratar de determinar dónde se encontraba la cueva. La vista aérea se le hacía algo conocida, parecida a algo que había visto antes; y empezó a comparar con mapas de algunas zonas de la montaña ecuatoriana, pero no encontraba muchas similitudes, hasta que se le ocurrió mirar las copias de los mapas supuestamente del tesoro de Llanganates, incluido uno dibujado sobre cuero, que se consideraba falso. Lo que observó lo dejó perplejo, los trazos se parecían en algo a los mapas. Le pareció ver claramente al río Tumbes, la quebrada que llaman de Cazaderos y luego un aspa en un dibujo que se asemejaba a un cerro con la cima en forma de barco de papel «El Cerro el Barco» se dijo. Temblaba de la emoción, caminaba por la habitación, daba saltitos y reía como loco diciendo «Lo resolví». Al parecer había resuelto la ubicación global, pero no el sitio preciso. «Tiene que haber otro mapa» se dijo y recordó una piedra que se decía era tal. La buscó desesperadamente hasta que la encontró, esta solo tenía cuatro puntos y una equis. «esta debe ser la ubicación exacta» ¿Y los poemas en quechua? ¿eran parte de todo esto? Pronto lo averiguaría.

Capítulo cinco

La expedición de Aurelio partió de Lima a las cuatro de la mañana con tres camionetas 4x4 doble cabina. En una viajaba Joel y César, en las otras dos los hermanos García llevando equipaje y lo necesario para abrirse paso en la montaña, como machetes, cuchillos, cuerdas, linternas, guantes, botas, cascos, etc. Recorrieron los setecientos setenta kilómetros hasta Chiclayo de una sola tirada, deteniéndose solo para almorzar. Pernoctaron en esa ciudad, mientras César resolvía su ausencia al colegio donde era profesor, con su amigo el director, para que le busque reemplazo por unos días; también recogió ropa, su laptop y puso al tanto a su esposa de lo que esperaba encontrar en su viaje.

Llegaron al día siguiente a la ciudad de Tumbes. Aurelio lo había hecho antes, porque viajó en avión. Estaba en un hotel cerca de la plaza de armas, donde se reuniría con el resto del equipo a planear la expedición.

César, buscó a Emilio, el amigo que conoció en Machala y que los guiaría por Casitas hasta la cueva del Encanto. Se reunieron al fin todos en el hotel y decidieron partir al día siguiente.

Emilio, el guía, era oriundo de un pueblo cercano a las montañas donde se encontraba el sitio por el que hacían este viaje. Los guio hasta el puente sobre el río Tumbes y enrumbaron hacia el sur.

—Nos estamos regresando —dijo Joel

—Exacto —dijo Emilio con su laconismo habitual.

—¿Por la margen izquierda del río? —dijo César.

—No —dijo Emilio.

Ya nadie preguntó nada. Viajaban con Emilio, Joel como chofer, Aurelio y César.

Llegaron a la entrada al pueblo de Corrales.

—¿Entramos por aquí' —preguntó Joel

—No —dijo Emilio.

—¿Entonces por dónde vamos? —volvió a preguntar Joel.

—¿Qué alternativa te queda? —dijo Emilio

—Seguir de frente —dijo Joel riéndose del aparente mal humor de Emilio.

—Eso —dijo Emilio, mientras miraba hacia la entrada de Corrales, como buscando algo. Luego de unos minutos, a la altura de la huaca Cabeza de Vaca le dijo a Joel.

—Chofer, ya no me preguntes nada hasta pasar Zorritos, como a cuarenta kilómetros de aquí.

A Emilio le hubiera gustado hacer ese recorrido solo con César y no con tantas personas extrañas, pero tampoco por eso se iba a perder esta aventura. Por su naturaleza le encantaban las cosas nuevas. Los retos. La rutina lo aburría, prefería ser pobre ajetreado que rico apoltronado, decía.

No hubo más preguntas sobre la dirección a tomar hasta que pasaron Zorritos.

—Ya pasamos Zorritos —dijo Aurelio, adelantándose a Joel.

—Avanza como tres kilómetros hasta un letrero que señala el desvío a Casitas. Yo te aviso —dijo Emilio.

Minutos después se volvió a escuchar la voz de Emilio:

—Prepárate que vas a entrar a la izquierda —le dijo a Joel.

—¿Por dónde? —dijeron Joel y Aurelio al mismo tiempo.

—Como a doscientos metros, por eso te dije que te prepares.

Por fin Joel vio la entrada a una carretera afirmada, que se alejaba de la panamericana y de la costa.

Emilio miró para atrás buscando a las otras camionetas.

—Detente ahí un momento, hay que esperar a los otros —dijo Emilio.

Aurelio ya había previsto la posibilidad de que los que venían atrás se sigan de largo y se estaba contactando con uno de los García.

—Hay un aviso que dice Casitas, de ahí un poco más adelante hay una entrada. Se ve porque hay como un parque. También verás la camioneta.

No tuvieron que esperar mucho para que los alcanzaran los otros dos vehículos. Continuaron el viaje, observándose como levantaban el polvo de la carretera las camionetas que salieron muy pegadas, obligando a las de atrás a separase un poco para ver mejor el camino.

—¿Qué distancia hay al lugar al que vamos? —preguntó Aurelio con voz entrecortada por la vibración del vehículo, causada por las irregularidades del camino.

—A nuestro destino final, setenta kilómetros. A nuestra primera parada, cuarenta y cinco — contestó Emilio muy académico.

—Distancia grande, para un departamento pequeño — dijo Aurelio.

—Es que nos movemos hacia el sur, en paralelo con la panamericana que hemos dejado atrás —explicó Emilio.

Aurelio, en el asiento del copiloto, miraba la carretera afirmada que se perdía debajo de la camioneta como una faja de trotar. Los guijarros hacían que el carro vibre con bastante intensidad.

—¿Qué tiempo hay hasta la primera parada, que dices? —preguntó Joel, rompiendo el silencio de los viajantes.

—Hora media para un chofer que conoce, para ti será como dos horas —contestó Emilio.

—¿Y qué hora es? —preguntó Aurelio.

—Fíjate en el radio —le dijo Joel, ya que nadie contestaba.

—Las diez y diecinueve —dijo Aurelio.

—Más dos horas, llegaremos como a las doce y media —dijo Joel.

—A la hora del almuerzo —dijo César.

—Despertó el arqueólogo —dijo Joel con burla.

—Estoy despierto, voy mirando el paisaje. Creí que sería selva, pero solo veo arbustos secos.

—Por acá es así, pero en el Encanto es selva. Tú ya conoces —dijo Emilio.

Cuando llegaron a Trigal, Emilio dijo:

—Aquí empieza Casitas, el distrito.

—O sea que ya estamos llegando— dijo Aurelio.

—Recién estamos empezando —se limitó a decir Emilio.

Capítulo seis

Al día siguiente de que Aurelio llegara a Tumbes, Lorenzo se juntó con su cuñado José Beltrán a cuadrar cuentas de un negocio que tenían juntos. Lorenzo se quejó de que su hermano no contestara el teléfono y tenía cosas urgentes de la empresa que acordar.

—¡A dónde se habrá ido ese cojudo que no responde! —se lamentó muy molesto Lorenzo.

—De eso quería hablarte. A Aurelio lo vi el domingo por el óvalo de la Molina. Estaba con Joel y ese vendedor tuyo el arqueólogo, nuestro probable socio.

—¿Estás seguro? Ese tampoco contesta y no me ha dicho que iba a estar en Lima. Además, mi hermano no se puede reunir con un vendedor sin que yo lo sepa. ¿Estás seguro?

— Totalmente.

—Según la secretaria, Francisco García no ha ido a trabajar. Se me está metiendo en la cabeza una sospecha.

—¿Qué clase de sospecha?

—Espera —llamó a la administradora de la tienda, ahora ya en su casa, para pedirle algo, «disculpa, yo sé que estás descansando, pero tengo una urgencia» le dijo; y a continuación le pidió que averiguara en Tumbes, en qué hotel se había hospedado Aurelio «no han de ser muchos los hoteles». No pasó mucho para que le digan el nombre del hotel, dirección y el día en que se hospedó.

—Tengo razón. Aurelio se ha ido por nuestro tesoro —le dijo sentencioso a José.

—¿Del tesoro del que hablamos la vez pasada con el chiclayano? —dijo José, que al parecer no sabía de la lista recibida por Lorenzo de parte de César.

—De ese.

—¿Estás seguro?

—Completamente.

—¿Y qué vas a hacer?

—Qué vamos a hacer, dirás. Lo que haría cualquiera. Recuperar lo que nos pertenece.

Reunió a cinco personas, dos camionetas, más la suya; y con José Beltrán emprendieron el viaje a Tumbes, en una sola tirada, turnándose en el volante, deteniéndose únicamente para comer.

En el hotel sobornó al administrador para que le dé información o que averigüe hacia dónde iba Aurelio, aunque ya sabía por César que el lugar se llamaba Casitas, ahora recibió un nombre más concreto: los pilares de Peña Blanca. En los pueblos ubicados en el borde de la carretera fue pidiendo información sobre tres camionetas, que según el hotelero conducían. Así llegaron hasta los pilares de Peña Blanca, donde algunos visitantes le aseguraron que hasta ahí no habían llegado las camionetas; entonces alguien les dijo que las había visto pero en la otra margen del riachuelo que llamaban quebrada y todavía más, les indicó por dónde deberían tomar el desvío, luego de esto solo debían seguir las huellas de las ruedas de los vehículos que, a pesar de las pisadas de animales, todavía eran visibles por partes. Llegaron al primer campamento de Aurelio, donde se habían quedado los García, estos no tenían ningún interés en enfrentarse con Lorenzo de quién también eran trabajadores en la empresa de los hermanos, y porque sabían de las peleas entre aquellos, manteniéndose siempre al margen, porque era «una pelea de blancos».

Las huellas dejadas por los carritos de ruedas
que habían arrastrado los guías le permitieron
seguir su camino hacia el Encanto.

Capítulo siete

A poco más del medio día, bajo un sol primaveral a cuatro grados al sur de la línea ecuatorial, desde el cobertizo de su casa, Alfonso observó, cómo tres camionetas se asomaron por la curva de la carretera que pasa por el pueblo. Avanzaban despacio, como queriendo pasar desapercibidas. Siguió al convoy con la mirada y las vio detenerse frente a su casa. Le causó asombro ver descender de una de ellas a su hermano Emilio, acompañado por un tipo que a la luz del sol se veía castaño, caminando en puntas, como gallo, bajo de estatura y vestido con una camisa de flores oscuras estampadas sobre fondo blanco, pantalón crema y zapatos tipo botín, color tierra. A Alfonso le pareció algo extravagante el tipo, aunque muy citadino. De las otras camionetas descendieron dos sujetos de cabello muy corto, que trataban de desentumecer las piernas.

Emilio se dirigió a la casa de Alfonso mientras intentaba quitarse el polvo del cabello ya bastante cano, seguido por el sujeto de vestido extravagante.

Alfonso esperaba expectante y sin acercarse a saludar a su hermano, como era su costumbre, después de meses de no verlo.

—Hola, hermano —saludó Emilio—. Te presento a Aurelio que quiere conocer los pilares de Peña Blanca y yo lo estoy guiando —agregó atropelladamente, como para disipar cualquier malentendido.

—Ah, me parece bien —dijo Alfonso y dirigiéndose al desconocido—: Encantado Aurelio.

—Quisiéramos almorzar. ¿Crees que la Adela nos pueda preparar algo? —continuó Emilio.

—Es posible. Ella suele dar pensión a personas que vienen al pueblo. O si no, más arriba hay un hotel, donde los pueden atender muy bien; y de paso se acercan a su destino.

—Es que nos queremos quedar hospedados en mi casa esta noche, si tuviéramos que hacerlo.

—¿En tú casa?

—Sí. No me la habrán invadido, ¿no?

—No, por acá no se dan esas cosas —dijo cortante Alfonso.

—Bacán. Voy a averiguar con la vecina y si no, nos iremos allá arriba como dices. Lo que pasa es que no queremos llamar la atención.

—No quieren llamar la atención ¿Con tres camionetas 4 x 4 doble cabina a plena luz del día? No jueguen —dijo con sarcasmo Alfonso.

—Ja, ja. Ya nos vemos. Vamos Aurelio —dijo Emilio.

—Hasta luego —dijo Aurelio que no había pronunciado ni una palabra, tal vez pensaba que Emilio y su hermano eran como él y Lorenzo.

Alfonso no contestó. Solo hizo una venia con la cabeza. Se preguntaba en qué andaba ahora Emilio cuyas extravagancias eran cosa muy conocida, aunque siempre se las ingeniaba para caer parado, medio maltrecho pero parado y listo para una nueva aventura.

Emilio, consiguió que la señora Adela les cocinara una gallina de su propio corral, con guarnición de arroz, yucas y camotes sancochados. La comida la envió en fuentes a la casa de Emilio, también envió platos descartables, para que ellos se sirvan, aunque en la casa todavía quedaba algo de vajilla que había sido rechazada por los amigos de lo ajeno.

Más tarde, terminado el almuerzo, Emilio, Aurelio y otro más, se acercaron a la casa de

Alfonso, este los vio venir y empezó a sospechar que querían algo de él que todavía no le habían dicho, eso lo mantenía en ascuas.

—Hola hermano ¿podemos pasar?—dijo Emilio desde la puerta de la reja exterior de la casa.

—Por supuesto, adelante —dijo Alfonso haciendo un ademán con la mano invitándolos a entrar. La invitación casi no se escuchó porque la voz de Alfonso se mezcló con el canto estentóreo de un gallo que se paseaba orondo en el corredor. «un augurio, tal vez» pensó el dueño de la casa.

Ahora los visitantes eran tres con Emilio, se les había unido un hombre moreno de sonrisa fácil, que contrastaba con el rostro pétreo y amarillo de Aurelio. Pasaron y tomaron asiento en unas sillas de metal con asiento formado por tiras de plástico entrecruzadas.

Alfonso se mostraba serio, pero los trataba con esa amabilidad característica de las personas de estos pueblos, emblemática y muy reconocida, lo que propiciaba que algunos inescrupulosos pretendan aprovecharse, al confundir afabilidad con imbecilidad. Felizmente, esto no sucedía con frecuencia y el pueblo no caía todavía en esa también emblemática desconfianza individualista de las ciudades.

Alfonso era por naturaleza reservado. No hablaba de más, o lo evitaba. Por eso esperaba lo que tendrían que decirle. «como el cañoncito de Ramón Castilla» pensó «hay que ver hacia dónde va el disparo, hacia arriba o hacia abajo».

—Hermano —empezó Emilio.

«Aquí viene» pensó Alfonso.

—Aurelio tiene un proyecto para abrir una ruta turística al Encanto— mintió y sonrió con su característica sonrisa torcida que tanto podía ser de satisfacción o de vergüenza.

Alfonso observaba, sin decir nada y abandonó por un momento su postura para recoger una chapita de cerveza y lanzarla a un chivo que intentaba entrar por la puerta del corredor que Emilio y su comitiva habían dejado abierta.

—Me parece bien, aunque no veo la razón del misterio —dijo Alfonso sonriendo con los labios apretados, sin poder evitar cierta desconfianza.

—Es que por el momento queremos que se mantenga en secreto.

—La verdad, prefería que no me confíen nada, suelo desconfiar de los secretos, porque suelen venir con peligro en el mismo paquete.

César, que era el tercer hombre, escuchando a Alfonso, entendió por qué contestaba Emilio como lo hacía y que al principio llegó a creer que estaba molesto.

—En este caso, no hay nada malo, solo que Aurelio piensa que debo tranquilizarte diciéndote la verdad de nuestra presencia, para que no te hagas ideas equivocadas.

—¿Es que acaso Aurelio me ve intranquilo? —dijo Alfonso, que le disgustaba que el otro no diga nada y solo observe, o a lo mucho dé instrucciones con movimientos de cabeza, como jefe de bandidos.

—Disculpe — dijo al fin Aurelio—, no es nuestra intención incomodar, si no que, siendo extraños, nos pueden ver como amenaza, por eso queremos explicar nuestra presencia en el pueblo.

—Si ese es su deseo, no hay ningún problema, adelante pues.

—También queríamos hablarte, para que nos presentes a una persona que conozca la montaña, y que nos guíe —dijo al fin Emilio.

—No conozco a nadie.

—Pero al menos averigua por allí —insistió Emilio— se le pagará muy bien. A ti no te digo, porque no creo que conozcas más allá de los pilares.

—De todos modos, no conozco a nadie —contestó Alfonso como para terminar la charla.

Pero Emilio no estaba dispuesto a dejar las cosas ahí, por eso insistió:

—¿Y tú no crees que Pablo Pérez, el que vive detrás de la casa de Florencio, nos pueda guiar?

—Ahí no hay ningún Pablo, se llama Pedro —lo corrigió Alfonso.

—Claro, Pedro, claro. Me confundí, no es Pablo —dijo avergonzado Emilio y sonriendo con su media sonrisa.

—No tengo idea, tendrías que preguntarle —dijo Alfonso.

—Eso haré, porque yo recuerdo que cuando era un niño, él iba con su padre a la montaña donde sembraban con la lluvia maíz *hualazán* y zapallos.

—Alazán —lo interrumpió Alfonso.

—¿Qué cosa? —dijo Emilio.

—Que el nombre del maíz es Alazán.

—Bueno, hualazán, alazán es lo mismo, al final maíz —dijo Emilio a punto de perder la paciencia— Te decía que recuerdo lo que él contaba del cerro del Encanto.

—No sabría decirte con exactitud, pero es posible que tengas razón.

— Bueno, ya no te hago perder más tiempo me voy a buscar a Pedro —dijo Emilio poniéndose de pie— Vamos Aurelio.

La casa de Pedro estaba ubicada como a medio kilómetro más arriba. No se veía desde la carretera, porque estaba sobre un cerro, en la parte del fondo de una pequeña meseta.

—Pedro no se encuentra —Dijo Lucía, la esposa, mientras un perro echado sobre un saco de yute no dejaba de emitir unos débiles ladridos.

A Aurelio, que se había acercado con Emilio hasta el borde del corredor, le llamó la atención el perro que ladraba acostado con aparente dificultad.

—¿Está enfermo? —preguntó.

—No. Está viejito, el pobre —contestó la mujer.

—¿Y por qué no lo sacrifican?

—¿Qué cosa?

—Por qué no lo matan —aclaró Emilio.

—¿Matarlo? ¿Por qué haríamos eso? Será Dios el que lo recoja.

—¿A qué hora lo podemos encontrar a Pedro? —dijo Emilio, volviendo a la conversación.

—No sé, don Emilio. En la noche seguramente, aunque estará cansado del viaje. Se ha ido a Carrizal a traer unas cabras —contestó Lucía que era sobrina lejana de Emilio.

—Entonces, dígale que le quiero hablar, para algo que le conviene y que vengo en la mañana.

La falta de un guía era un contratiempo, que los obligaría a pernoctar en el pueblo, como le habían dicho a Alfonso, aunque su deseo inicial era llegar en este día hasta el punto donde empieza el ascenso al primer cerro.

Se instalaron en la casa de Emilio que estaba vacía, porque hacía ya como ocho años que se fue con todo y solo venía esporádicamente a darle vuelta o en la fiesta patronal o en noviembre, para las velaciones, con su familia. Le había encargado precisamente a Alfonso que le pague los servicios de luz eléctrica y agua, aunque nadie la ocupara. La limpieza era otra cosa.

Los visitantes, contaban con todo lo necesario, desde camas plegables hasta platos y cucharas. A contrapelo de lo que le pareció a Alfonso, solo eran seis personas, incluyendo a Emilio.

A la mañana siguiente, Emilio, Aurelio y César, se fueron por el potencial guía, Aurelio hacía de chofer, no llevaron a los otros, porque se habían percatado del efecto de desconfianza causado sobre Alfonso.

A Pedro lo encontraron en la parte de adelante de su casa mientras ensillaba un burro chiquito, «el super burro» como lo llamaba la gente, como burla precisamente por el tamaño.

Pedro era un hombre que se había quedado en el pasado, de los últimos que se movilizaban a lomo de un burro, cuando casi todos ya lo hacían en motocicletas, calzaba una sandalias conocidas como yanques confeccionadas con recortes de neumático de camión, usaba como correa una soguilla hecha de cabuya, se vestía con pantalón y camisa; y esta dentro de la pretina; nunca le agradaron los polos, ni los shorts, odiaba las ciudades, que cuando una de sus hijas casada en la ciudad de Lima lo llevó de paseo, no duró ni dos días y se regresó a su pueblo. Era uno de los pocos que conocía todas las tareas y costumbres del campo, como convertir a una cabra en un gran filete, que secado al sol le llaman gualdrapa y con ella preparan un plato típico de la zona llamado picado.

—¿Al encanto?, no para allá no voy, aunque me paguen —dijo de manera tajante Pedro.

—¿Por qué?, te pagaríamos bien —dijo Emilio como argumento para convencerlo.

—Como ya dije. Aunque me paguen.

—¿Por qué, acaso alguien te ha amenazado? —dijo Aurelio.

—¿Amenazado? ¿quién me va a amenazar? —dijo Pedro Pérez extrañado.

Aurelio comprendió que Pedro no sabía nada sobre otros buscadores, que era lo que temía.

—Si te animas, estamos en mi casa —le dijo Emilio cerrando la conversación.

—Espera —dijo Aurelio— ¿cuál es la causa por la que no quieres guiarnos?

—¿Por qué crees que ese sitio se llama el Encanto? —contestó Pedro.

—Tienes miedo, crees en lo que dicen.

—¡Claro! Y no solo lo creo, estoy seguro de que está encantado y cualquier persona que quiera romper el encanto corre un gran peligro.

—¿Qué tipo de peligro? —quiso saber Aurelio.

—No lo sé, algunos dicen que los que entran nunca salen.

—No quiero saber lo que dicen si no lo que tú sabes para decir que estás seguro de que está encantado —dijo Aurelio impaciente.

—Ya. Una vez, hace tiempo, después de tanto escuchar que ese sitio estaba encantado, decidí ir a ver yo mismo —dijo Pedro volteándose a mirar a los visitantes y dejando de alistar a su borrico.

—¿Y qué pasó?

—No pude pasar de la puerta, cuando me asomé sentí un viento frio que salía de adentro y un ruido como de metales arrastrándose; y luego desperté en la parte de abajo como a veinte metros, lleno de moretones y con la cabeza rota, que aquí me pueden ver la cicatriz —dijo Pedro señalándoles la cabeza.

—¿Eso fue todo? —dijo Aurelio decepcionado.

—¿Te parece poco, que casi me mata?

—Te habrás resbalado empujado por el viento, o por el susto, o la sorpresa. Algo totalmente explicable —dijo el arqueólogo.

—El viento no era tan fuerte como para empujarme —insistió Pedro.

—Entonces te asustaste. Y respetamos tus temores, por eso no te pedimos que entres con nosotros, solo que nos indiques el camino para acercarnos, cuando ya se vea nos la señalas nada más y te regresas —dijo Aurelio para convencerlo.

—¿Y qué van a hacer allá? Preguntó Pedro ante la insistencia.

—A conocer, somos turistas —dijo Aurelio.

—Desde abajo, sin subir el cerro, puede ser —dijo Pedro, empezando a ceder a la insistencia de los hombres y a cierta curiosidad que le habían despertado.

—Bien entonces, vamos —dijo Emilio apurando a Pedro antes de que cambie de opinión.

—En este momento, no puedo, tengo que soltar mi ganado —dijo Pedro, volviendo a su tarea de ensillar su burro.

—¿En cuánto tiempo puedes estar listo? —insistió Emilio.

—Como en una hora.

—Listo te recogemos en una hora —dijo Aurelio, cerrando el trato antes de que se desanime.

—¿Y cuánto me van a pagar?

—Ah, cierto. Mil ¿está bien? —contestó rápidamente Aurelio.

—Sí, está bien —dijo Pedro, que era un hombre simple y honesto, que jamás se le ocurriría aprovecharse.

Con la promesa de Pedro para servirles de guía, volvieron a la casa de Emilio, bebieron un poco de café amargo, preparado por los que se quedaron, recogieron sus equipajes y partieron. Al pasar por la casa de Alfonso, este detuvo la camioneta en la que iba su hermano.

—Baja un momento que tengo algo para darte —le dijo algo nervioso y con los labios apretados.

—¿Qué? No necesito nada, llevamos de todo —dijo Emilio dispuesto a no bajarse.

—Baja, caramba —se impacientó Alfonso

—Anda a ver que quiere —intervino Aurelio, que lo último que quería era un escándalo.

Alfonso lo condujo hasta dentro de la casa.

—¿No te estás metiendo en problemas con esa gente? ¿Verdad?

—No te preocupes. Todo está bien. Los otros son empleados de Aurelio.

—De todos modos, si algo te llegara a preocupar, no dudes en venir a contármelo. Si tu aventura se vuelve más alocada.

—Tampoco te burles de mi apego a la aventura, porque si bien puede ser incierto el resultado, no deja de ser emocionante y te hace vivir y amar más a la vida.

—Seguramente y no me opongo a los aventureros, porque sin ellos el mundo sería aún pequeño, pero yo no lo soy. Nunca lo he sido.

Estoy muy apegado a mi tierra a mi pequeña porción de mundo que me ha tocado.

Aurelio estaba impaciente por seguir y empezó a llamar con toques cortos de claxon.

—Me voy. Ya nos vemos y no te preocupes —dijo Emilio y salió a paso rápido.

Alfonso se acercó al borde de la carretera y se quedó mirando a los carros que se alejaban perdiéndose detrás de una nube de polvo.

Alfonso era de las personas que prefieren malo conocido que bueno por conocer, mientras que Emilio pensaba que el que no arriesga no gana. Uno era adicto a riesgo y el otro a la seguridad. A Emilio le gustaban los juegos y las competencias, aunque no los juegos de cartas, que le resultaban aburridos. A Alfonso le gustaban los juegos de azar, pero no apostar. Tampoco se oponía, muy al contrario, colaboraba comprando naipes, dados y hasta construía fichas de bingo o perinolas para prestarle al que deseaba.

Recogieron a Pedro, que había aumentado a su indumentaria un sombrero y un machete.

—El machete déjalo —le ordenó Aurelio.

—Es para abrir camino —replicó Pedro.

—Nosotros llevamos todo lo que necesitamos —dijo Aurelio tajante.

—Ah, bueno —aceptó Pedro de mala gana, dio media vuelta y caminó en dirección a la casa y ensartó el machete en el cerco del corredor, aprovechó también para encerrar a Lobo, su otro perro, para que no lo siga.

Su mujer desde la puerta de la casa lo miró subirse a la camioneta y cómo esta se alejaba despacio, que apenas levantaba polvo, hasta que se perdió en la bajada que conducía a la carretera, donde esperaban los demás vehículos.

Pedro se tomó en serio su papel de guía y minutos después les empezó a explicar el camino que seguirían.

—¿Ven esos cerros azules de allá adelante?

—Los veo —dijo Aurelio que iba en el asiento del copiloto. Siempre iba en el asiento de adelante. Utilizaba el lenguaje no hablado para remarcar su posición de jefe.

Los otros, incluido Pedro, iban atrás, por lo que tenían que agacharse para mirar los cerros que señalaba el guía.

—El cerro de la izquierda, el más puntudo se llama Picote, por ahí, por el costado tenemos que pasar. La mancha blanca que se ve al lado derecho, entre los dos cerros más altos, ese es el pilar, nosotros tenemos que ir por el lado izquierdo de la quebrada. También podemos ir por el lado derecho, pero el camino es más largo.

—¿Y nuestro objetivo dónde está? —preguntó César.

—Pasando el cerro que les digo hacia la mano izquierda, de aquí se puede ver la puntita, esa de color un poco más claro, le llaman el Barco.

—Parece un poco lejos —dijo Aurelio.

—Como treinta kilómetros —dijo Emilio, tajante con voz de experto.

—Lejos —insistió Aurelio.

—No es tanto; si nos apuramos podemos subir hoy el primer cerro y dormir al otro lado, en un paraje que llaman Los Guabos. Ahí hay una casita —intervino Pedro.

—¿Una casita con gente? —Preguntó otra vez Aurelio.

—No.

—¿Abandonada? ¿Y quién es el dueño?

—No sé quién es el dueño. Todos la usan y algunos le hacen arreglos para mantenerla en buen estado.

—¿No habrá sido un tambo del camino Inca? —intervino César, que lo hacía cada vez que aparecía algo en la conversación que le parecía de interés arqueológico.

—No lo sé, lo que he escuchado decir es que la hizo un hacendado, también un trapiche; y producía chancaca en una paila enorme y pesada de cobre, que hasta la última vez que estuve por ahí, estaba debajo de un higuerón.

Ahora los vehículos se aproximaron al pueblo de La Choza, cruzando la quebrada que aún tenía un poco de agua, gracias a que el año había sido lluvioso.

—Allí en la división hay que ir por la izquierda —dijo el guía pedro.

—¿Por dónde? —preguntó Joel.

—Ahí, más adelante donde la carretera se divide, como a cincuenta metros —intervino Emilio, que durante todo el tiempo en el cual Pedro explicaba, había guardado silencio, a excepción de cuando informó sobre la distancia.

Siguiendo el ramal izquierdo de la carretera pasaron cerca de unas cuantas casas de quincha y barro con techo de tejas o calaminas; y luego de unos quinientos metros entraron en una trocha. Las tres camionetas, no dejaban de llamar la atención. Varias personas se asomaron a los alares de sus casas.

De vez en cuando los pasajeros de la primera camioneta donde iban Aurelio, César, Emilio y Pedro, tenían que bajarse a quitar troncos o piedras del camino, para avanzar sin contratiempos. Al fin, luego de media hora, llegaron hasta un punto donde terminaba la trocha, cerca de un lugar conocido como Carrizalillo y a otro conocido como Peña Blanca, que eran sitios donde había dos o tres casas de gente que se dedicaban a la crianza de ganado caprino. En un claro del bosque, entre guayacanes, guápalas y algunos ceibos, se detuvieron. Era octubre y por ello, el campo estaba despejado de enredaderas y arbustos que nacen con las lluvias del verano y se secan como medio año después.

—¿Vamos a seguir hoy o esperamos para salir mañana muy temprano, con la fresca? —preguntó Pedro.

—¿Tú qué recomiendas? —repreguntó Aurelio.

—Por la mañana siempre será mejor, pero si están apurados podemos avanzar hoy y dormir en Los Guabos como les dije.

—¿En una casa cuyo dueño no sabes quién es? Y en medio de la selva. No, mejor subimos mañana —dijo Aurelio que desconfiaba de todo y de todos, que no sean sus compañeros con los que había hecho el viaje desde Lima.

Prepararon un campamento. Tenían todo lo que necesitaban, lo que explicaba que se movilizaran en tres camionetas siendo ellos solo seis.

Los hermanos García empezaron a despejar la zona cortando los arbustos con machetes y limpiando el piso de astillas y hojarascas, con rastrillos improvisados hechos de ramas secas.

—¡Esta planta está verde! —dijo Francisco, el mayor de los García, el rapado exmilitar que tanto preocupaba a Alfonso y a Pedro.

—¿Cómo sabes? —le preguntó Joel.

—Por el corte, mira —le enseñó la rama cortada para que vea que el corte estaba húmedo.

—Así es en este bosque, que parece seco, pero está verde, esperando la lluvia —dijo Emilio sonriendo porque que le causaba gracia la extrañeza de los otros.

—Curioso —dijo Aurelio.

—Hubiera traído mi sierra —dijo Francisco mirando varios arbustos que pretendía talar.

—Ya no cortes más, que está prohibido —le dijo Emilio— y mejor que no hayas traído tu sierra.

A Pedro le extrañó tanto equipaje y como era su costumbre no se quedó callado.

—¿Es que acaso se piensan quedar un mes?

—¿Por qué dices eso? —quiso saber Aurelio.

—Por las cosas que han traído. Tienen hasta focos y esa caja será televisor, porque el radio está por allá.

—La caja no es televisor y nuestra idea no es estar más de unos días —dijo Aurelio.

Efectivamente, tenían de todo. Alimentos de todas las clases, herramientas, carpas, lámparas y armas. Esa noche hicieron guardia por turnos. Eran muy organizados. Aurelio durmió dentro de la camioneta que conducía Joel, los García en sus respectivos vehículos, César, Joel y los guías en carpas individuales.

—¿Quiénes son estas personas? —le preguntó Pedro a Emilio, cuando tuvo la oportunidad.

—Son turistas, que quieren conocer el Encanto, creo ya te lo he dicho —contestó Emilio con toda naturalidad.

—Pero esos dos parecen militares y tienen armas —insistió Pedro.

—Es que tienen miedo a los leones, que les han dicho que hay por aquí —mintió Emilio.

—Será por eso. ¿Y de dónde son?

—Son de Lima y los García más parecen de la sierra. Ya no te preocupes. Mañana les enseñas lo que quieren conocer y listo.

Al día siguiente, el desayuno fue a base de pan, conserva de atún y leche chocolatada que calentaron en una cocinilla *Primus* a base de kerosene presurizado.

Continuaron el viaje a pie, Aurelio, César, Emilio, Pedro y Joel. Los dos García se quedaron cuidando las camionetas.

Cada uno llevó una mochila con linternas, cuerdas, frazada, una bolsa de dormir enrollada y otros implementos, además de alimentos. Aurelio y Joel llevaban, además, cuchillos, machetes y pistolas al cinto. Ni Emilio, ni Pedro, ni César llevaban armas o algo que puedan ser usada como tal, porque tendrían otra función, les dijeron. La verdad parecía ser que Aurelio no confiaba ni en César ni en los guías. Desconfiar era parte de su naturaleza.

—Yo, he usado machete toda mi vida —dijo Pedro, con la intención de que le den uno, pero no quisieron. Esto lo incomodaba, mientras que Emilio no se daba por enterado.

Parte del equipaje también eran dos cajas de plástico, como *coolers*, sobre unos cochecitos de ruedas grandes, que les encargaron llevar jalando a Pedro y a Emilio, cuya función les habían reservado, aunque de vez en cuando fueron turnados por Joel, César y en otra por Aurelio.

Tomaron un camino polvoso, que por el transitar de vacas y otros animales de pezuñas se había convertido primero en un surco y luego en un zanjón que reunía las aguas en época de lluvias. En el aire se aspiraba un aroma dulce de las flores de los añalques, se escuchaban los cantos de colembas y el bullicio de loros en bandada.

Subieron por una quebradilla que abandonaron luego cuando encontraron el camino que los haría ascender hasta el primer gran cerro de novecientos metros de altura, más o menos. La densidad de árboles iba en aumento en la medida que ascendían; y aumentaban los arbustos con hojas y hierbas verdes. Algunos árboles estaban floreciendo, dando una vista agradable y un aroma suave, menos intenso, pero más variado que el de las flores de añalque. Los caminantes descansaban unos minutos, de vez en cuando. El grupo que ascendía parecía estar en un inocente paseo campestre, como seguramente los veían las personas que por el bosque iban dedicadas al pastoreo o a la extracción de productos del bosque, como miel de abejas silvestres.

Ya en la cúspide, descansaron un rato mientras se deleitaban con la vista que proporcionaba la altura, la belleza del paisaje los sobrecogía con un manto verde en las faldas de los cerros que disminuía al alejarse de la montaña. El cauce del riachuelo serpenteando y dibujando la línea verde de su valle. Observaron, también, a los árboles, los ceibos con sus troncos de botella y sus flores lilas, los *polo polo* con sus flores amarillas; y los pericos y las ardillas saltando entre las ramas. Podían escuchar el canto de los mirlos, de las calandrias, de los pájaros negros y de vez en cuando los chilalos y otros pájaros de la zona; y siempre acompañados por los sonidos y aromas de la montaña, descendieron por la parte de atrás hasta una quebrada con agua limpia y helada que utilizaron para mojarse cara, cabeza y brazos. Pedro les dijo que habían llegado al paraje de Los Guabos y les mostró la casita, mientras Aurelio reparaba en unas plantas de naranjos en flor, con su característico olor de azahar.

Subieron por el cauce de la quebrada, hasta la base de otro cerro aún más alto y de vegetación más tupida y verde.

—Ya hemos llegado —les dijo pedro.

—¿Dónde? —dijo Aurelio, que no veía nada que se parezca a una cueva.

—Sigan el camino y allá donde se ve ese árbol grande de higuerón, voltean hacia la derecha subiendo el cerro.

Aurelio no se mostró muy convencido, tal vez el guía se quería librar de ellos, «como a Hanzel Gretel» pensó.

—Acércanos un poco más por favor, hasta que cuando menos se vea la entrada —le dijo a Pedro.

El guía tuvo que seguir más adelante, aunque aún se sentía intimidado por los hombres armados. Se acercó hasta la boca de la cueva para mostrársela a Aurelio.

—Bien, Pedro, has cumplido, pero no te regreses aún, porque te cogerá la noche en el camino, espéranos aquí con Joel —dijo Aurelio señalando a su cuñado ahora convertido en guardia.

—Pero no hay problema yo conozco bien esta zona y más abajo está el paraje de Los Guabos, me puedo quedar ahí a pasar la noche.

—No. No quiero que algo te pase y después nos echen la culpa —dijo Aurelio

—¿Qué me puede pasar?

—Nosotros no demoraremos mucho; y mañana, a más tardar, te dejaremos en tu casa de donde te recogimos, sano y salvo —insistió Aurelio.

—Yo estoy acostumbrado de caminar por aquí —replicó Pedro.

—Explícale —le dijo Aurelio a Emilio. Quería evitar perder la paciencia y que se le salga ese trato despótico, que hasta su esposa se lo había hecho notar.

—¿Qué me expliques qué cosa? —dijo Pedro preocupado, dirigiéndose a Emilio.

—Nada, no te preocupes. Lo que pasa es que, parece que hay otro grupo que viene detrás con la intención de llegar también al Encanto. Es como una apuesta que tienen —le dijo Emilio tratando de minimizar el peligro que podía correr Pedro si se iba ahora.

—¿Y yo que tengo que ver con eso? —insistió todavía Pedro.

—Que, si se enteran de que tú eres el guía, te obligarán a que hagas lo mismo para ellos; y si te rehúsas te pueden lastimar, porque según dicen son violentos.

—Ya me imaginaba que aquí había algo extraño, por eso dicen que no hay corazón traidor a su dueño. Has debido avisarme, tú me conoces. ¿Y tú qué haces con ellos?

—Estoy aquí por mi amigo César. Ellos no son los peligrosos, si no los otros. Los que podrían estar viniendo detrás. Quédate tranquilo que aquí estás más seguro. Yo no te expondría si hubiera algún peligro —dijo Emilio para terminar de tranquilizar a Pedro; y porque no había visto hasta ahora actos de violencia dentro del grupo, a pesar de las armas que portaban, que a su entender era lo único preocupante.

—¡Ya Emilio, termina de una vez! —grito Aurelio.

—Entonces ¿te quedas? —le dijo Emilio a Pedro, poniéndole el brazo en el hombro.

—Está bien me quedo, pero si observo algo que no me parece, me voy. No por donde hemos venido si no por el Pichilingue.

—¡Ya terminamos, Pedro se queda a esperarnos! —le grito Emilio a Aurelio que ya había empezado a moverse en la dirección de la caverna, después de encargarle a Joel, que arme el campamento aquí mismo.

Capítulo ocho

Había sido un año muy lluvioso, con precipitaciones de hasta setenta milímetros por hora y de tres mil en todo el año, según una estación artesanal construida y operada por don Wilmer allá en el pueblo de Cherrelique, por lo que se supone que acá, en la montaña, ha debido ser mayor, por ello la vegetación era muy tupida y ocultaba la entrada de la cueva, que sin la ayuda de Pedro hubiera sido muy difícil de encontrar.

Con dificultad, por lo empinado del cerro, avanzaron despacio, siguiendo el arroyuelo que salía de la cueva, agarrándose de las ramas de los arbustos y los troncos de los árboles, Aurelio y César se aproximaron a la entrada y una vez allí, fueron introduciéndose despacio, alumbrando por todas partes con sus potentes linternas de mano. Se internaron como cinco metros, cuando un ruido de chillidos y aleteos se escuchaba cada vez más cerca. Se detuvieron a escuchar.

Alumbraron hacia el fondo y vieron como una gran cantidad de puntos brillantes, devolvían la luz de las linternas, cual espejitos minúsculos que se acercaban rápidamente a su encuentro. El miedo invadió a los hombres, especialmente a Aurelio, que no tenía ninguna experiencia en estos trances. Solo atinaron a encogerse esperando el inminente ataque, lo que no sucedió; en cambio sintieron como cientos, que les parecieron miles, de murciélagos los pasaban casi rozando, emitiendo unos ruidos desagradables. Y peor aún, despidiendo un olor harto insoportable. Decidieron volver al campamento a reponerse y tomar alguna bebida que les quite el olor que parecía lo tenían en el paladar.

Mientras tanto, los guías ayudaron a Joel a armar el campamento, limpiaron un poco el terreno con rastrillos improvisados hechos de ramas, tensaron una manta de nylon entre los árboles, formando una especie de carpa, para proteger al equipo y a las personas, del sol o de una improbable lluvia.

Joel sacó una cocinilla de una hornilla y un baloncito de gas propano, de una de las cajas que habían arrastrado los guías; traída por pedido de

César, para evitar hacer fogatas que pudieran ser vistas desde lejos.

Cuando volvió Aurelio, encontró agua caliente con el que se preparó un café doble instantáneo, con también doble medida de azúcar, aun cuando él era opuesto al consumo excesivo de este tipo de endulzante. Lo hacía para quitarse ese desagradable sabor a murciélago.

Almorzaron la comida enlatada que habían traído y cada uno sacó plato y cuchara de su mochila. Emilio ayudaba de buena gana a Joel, mientras Pedro observaba con curiosidad, todavía retrechero.

Luego de no más de veinte minutos de acabado el almuerzo, César se incorporó y dijo:

—Ya es hora. Ya hemos reposado el almuerzo lo suficiente —al parecer estaba impaciente por volver a la cueva.

—Totalmente de acuerdo —dijo Aurelio.

Se colocaron un cinturón portaherramientas y un chaleco con varios bolsillos en los que acomodaron baterías de litio para las linternas de mano y sobre el casco que cubría su cabeza, una lámpara a batería solar.

Emilio se puso a hurgar en su mochila buscando sus implementos y al no encontrarlos, esperó a que Aurelio o César le digan dónde encontrarlos.

—¿Yo también puedo ir? —dijo cuando se convenció de que no lo estaban tomando en cuenta en un hecho tan importante por el cual estaba aquí básicamente.

—No. Puede ser peligroso. No te podemos arriesgar, ni a ti, ni al guía. Son nuestros invitados —dijo Aurelio con aire ceremonioso.

«Tanto discurso. Lo que quiere es que no vea lo que encuentren. Para no darme lo que me corresponde, aunque mi arreglo es con César» dijo para sí Emilio. Pero para los demás, cambió de tema; y dijo:

—Entonces me voy a pescar camarones, para matar el aburrimiento.

Aurelio no se dio por enterado y partió con César.

—¿Camarones? —preguntó incrédulo Joel, que se había quedado a cargo del campamento.

—Camarones, pues —intervino Pedro, que había permanecido callado mirando como se preparaban los exploradores. Él al contrario de Emilio, no tenía ningún interés en acercarse a la cueva.

—Me están tomando el pelo. De dónde van a sacar camarones —dijo Joel sonriendo con incredulidad.

—Es verdad. En la quebrada que está más abajo, hasta donde llega el arroyito ese que sale de la cueva.

—No lo voy a creer, hasta que no lo vea —dijo Joel, todavía incrédulo.

—Ya verás. ¿Vamos, Pedro? —dijo Emilio poniéndose de pie, ya que se había vuelto a sentar después de la negativa de Aurelio.

—Vamos. Hay que llevar un depósito. ¿Tienes una bolsa o algo para traerlos? —dijo Pedro.

Joel le alcanzó una bolsa plástica en la que había venido envuelta una ollita de aluminio, para seguirles la cuerda.

—Llévate esta —dijo Joel y agrego—: Ver para creer.

—Ya lo verás —le contestó Emilio.

—Pero, no me están engañando para ausentarse y regresarse al pueblo, ¿verdad? —dijo Joel, que se acordó de la insistencia de Pedro por volverse.

—Hemos dado nuestra palabra, eso debería ser suficiente, pero entiendo tu preocupación porque no conoces a la gente de mi tierra —dijo

Pedro mirando fijamente a Joel y como si estuviera recitando una lección.

—No te preocupes, volveremos —dijo Emilio y agregó—: ¿está bien? —dirigiéndose a Joel.

—Está bien —fue la respuesta.

En la cueva, César y Aurelio llegaron hasta la entrada, llevando con dificultad cuerdas, picos y martillos pequeños de escalar; y las pistolas que ponían nerviosos a los guías. Ahora César también portaba una. Para ingresar se colocaron los implementos en sus cinturones portaherramientas, también las pistolas en sus fundas, como una herramienta más.

Por el piso de la cueva corría el arroyito de agua clara. Venía de adentro, desde la profundidad. La entrada era amplia, permitía que dos personas avancen de pie, juntas y al mismo tiempo, una al costado de la otra. El techo y las paredes eran al parecer de granito y como de más de dos metros de altura, como de una casa de ladrillo de techo aligerado. Sobre sus cabezas colgaban unas estalactitas puntudas que causaban preocupación de que se desprendan.

—Valió la pena traer cascos —dijo Aurelio mirando al techo.

—Sí. Y también las botas de jebe para caminar sobre el agua —dijo César que era quién recomendó la indumentaria y hasta unos chalecos rígidos desarmables tipo *roboCop*, que no se habían puesto por incómodos.

—Es que tú ya conocías la cueva. Eso es una ventaja. También espero que te sirva para encontrar el tesoro.

—El «objetivo» —dijo César.

—¿Qué cosa?

—El objetivo. Hay una leyenda, que no me acuerdo si te la conté, sobre que no hay que pronunciar ese sustantivo, cuando se está sacándolo.

—¿Me estás hablando en clave?

—Por el momento centrémonos en el «objetivo» ¿Entendiste? «O-b-j-e-t-i-v-o»

—Claro, como esta agüita helada que corre a nuestros pies —dijo Aurelio sonriendo. Lo que era nuevo para César: que Aurelio haga bromas. Malas, pero bromas al fin.

Después de unos treinta metros, más o menos, la cueva se estrechaba hasta convertirse en un paso ajustado por donde un hombre podría entrar rozando las paredes, pero al parecer, tras ese estrechamiento se abría otra vez a un pasadizo ancho. Por el paso estrecho también corría el arroyuelo antes descrito, por lo que habría que caminar sobre el agua.

Tenemos que entrar por ahí —dijo César con resignación.

—El paso es estrecho, tendríamos que entrar derechitos sin podernos agachar. Y con poco espacio para cruzarnos con los murciélagos ¿Habrán vuelto?

—¿Y para qué te quieres agachar?

—No lo sé, para rascarme, para que pasen los murciélagos o lo que sea, ja, ja —dijo Aurelio divertido.

—No sé si hablas en serio, o pretendes hacer chistes —dijo César que no estaba para bromas.

Nunca habían conversado tanto como en estos últimos minutos. Si alguien los hubiera escuchado, diría que eran viejos amigos.

—¿Y si ensanchamos la entrada? —insistió Aurelio.

—¿Cómo?, es roca dura —dijo César y tomó un pico de escalador de su cinturón y lo golpeó contra la roca, sin hacerle ni la más pequeña muesca.

—De cualquier modo, tenemos que entrar por aquí —dijo Aurelio desconsolado.

—¿Quién va primero? —dijo Cesar sonriendo.

—Yo —dijo Aurelio, para sorpresa de César, que pensó que lo mandaría primero, desde su posición de jefe, aunque en este momento era su socio, por lo que no le quedó más que decirle:

—Lleva una linterna en la mano que yo desde acá te ilumino en la parte de abajo.

Para ingresar se despojó de todo, menos del casco, la batería y la luz de cabeza; y la pistola.

Entró de costado, con la espalda pegada a una de las paredes, podía girar la cabeza, pero no el cuerpo, de todos modos, no era tan difícil.

—¡Mierda! —gritó de pronto Aurelio, cuando había avanzado unos cincuenta centímetros.

—¿Qué pasó? —Preguntó alarmado César, imaginando a cientos de murciélagos tratando de salir por donde estaba Aurelio.

—Algo se me sube por la pierna. Voy a salir. ¡parece una culebra! ¡Carajo, está mojada y fría!— gritó desesperado Aurelio.

Retrocedió atropelladamente y como pudo.

Efectivamente una serpiente pequeña le estaba subiendo por dentro del pantalón.

—¡No la golpees! ¡Jálala! Y apúrate carajo —gritaba Aurelio.

César la tomó de la cola y despacio la empezó a jalar. Una vez que le vio la cabeza, tiró rápidamente y la lanzó hacia la entrada.

—¿Te mordió? —le preguntó César.

El pobre Aurelio estaba blanco del susto y al borde del colapso. Tiempo después diría que este fue el susto más grande que ha sufrido en toda su vida.

—No creo. No siento nada.

—Sácate el pantalón, hay que revisarte. Aunque parece que era un *Colambo* que no es venenoso.

—¿Qué me saque el pantalón? —dijo Aurelio como atontado.

—Claro, si no, ¿cómo te reviso?

—Ah sí, claro.

Aurelio, muy nervioso, casi tiritando, se sacó el pantalón sentado en uno de los poyos de piedra; y César procedió a revisarle las piernas, las pantorrillas, le sacó las botas y le bajó las medias para mirarle los tobillos y no parecía tener ninguna herida reciente.

—No. No hay señal de mordedura.

—Por eso te dije que no tenía nada.

—Había que estar seguros, además dicen que algunas serpientes junto con el veneno inyectan anestesia.

—Carajo, estás inventando para asustarme.

—Por eso debes tomar una dosis de antídoto contra el veneno de serpiente. Además, el pantalón va dentro de las botas de jebe.

—Se meten las piedritas que no dejan caminar.

—Las piedritas te las sacas ¿o prefieres a las serpientes?

César buscó entre los bolsillos internos de su chaleco. Todos los que participaban de la expedición, portaban dos dosis de antídoto. Esto también había sido un pedido del arqueólogo.

Mientras se atendía a Aurelio se olvidaron de la serpiente que lanzada hacia la entrada debería irse hacia la ladera. Fuerte fue su sorpresa cuando apenas se terminaba de vestir de nuevo Aurelio, la vieron avanzar entre ellos hacia la abertura otra vez, tanteando el aire con su lengua bífida.

—¡Mierda, sácala, sácala! ¡No dispares! —dijo Aurelio, al ver a César apuntando al reptil con su pistola; y él mismo, a pesar del susto reciente, tomó de la cola al animal, lo lanzó otra vez hacia la entrada y la siguieron ahora sí para matarla, pero no la encontraron, se había escurrido hacia la maleza.

—No se te ocurra disparar a un blanco tan cercano y pequeño, las balas rebotarían y podrían herirnos o algo peor. Las armas son para caso de vida o muerte —advirtió Aurelio. César asintió con la cabeza.

—Ahora voy yo. Tu ya tuviste suficiente —dijo César, empezando a aligerarse.

—Espera. Tengo una idea. Mi cuñado Joel es más delgado que nosotros y él podría pasar por la abertura con relativa facilidad y hasta agacharse y voltearse y ver donde pisa, para que no le pase lo que a mí.

A César se le cruzó la malévola idea de que Aurelio, no lo quería perder a él porque era quién podía encontrar el objetivo, por eso prefería arriesgar a su cuñado.

—Pero afuera no quedaría nadie vigilando. Y si estamos todos adentro, sería fácil que nos sorprendan —dijo César, tratando de no involucrar a Joel.

—Si te refieres a mi hermano, no creo. Es muy pronto. Además, Francisco ya nos hubiera avisado por radio.

—Pero si Francisco llama no creo que la señal entre a la cueva.

—Tienes razón —dijo Aurelio— dejaré un radio en la entrada, si nos llaman escucharemos, esta cueva tiene eco —agregó.

—¿Y si vienen por otro lado, por el camino de la derecha que dijo el guía? ¿O por capitán Hoyle?

—Ya pues, no seas pesimista, además es solo un momento, luego sale y se va a su puesto de vigilancia. Por otro lado, si llega Lorenzo, qué podemos hacer ¿dispararle?

—Bien, entonces. Lo voy a llamar.

César regresó con Joel, que efectivamente era más delgado.

—Ven Joel. Una vez adentro nos alumbras para entrar nosotros —le dijo Aurelio, sin mencionar a la serpiente.

Joel, pasó hasta el otro lado sin dificultad. Llevó consigo cuatro linternas, para iluminar mejor.

—¿Qué ves? —le preguntó Aurelio.

—Es tan amplio o más que donde están ustedes, pero más oscuro.

—Vamos a entrar —dijo Aurelio otra vez con la emoción a flor de piel.

—Espera un momento. Más adentro está lleno de palos y ¡Carajo! —dijo Joel espantado.

—¿Qué pasa? —Preguntó César.

—El techo está lleno de murciélagos colgando, parece que duermen.

—Entonces no hagas ruido, necesitamos entrar, también —dijo César. Deseoso de ver lo que había allá adentro.

—Entonces entren sin hacer ruido.

Entraron. Joel les indicó la ubicación de los murciélagos, evitando alumbrarlos.

Avanzaron sin alejarse mucho de la entrada, pero dejándola libre, por si los murciélagos despertaran y quisieran salir.

Iluminando hacia el fondo, se podía ver lo que dijo Joel: gran cantidad de palos sobre un charco de agua, de donde salía el arroyo.

—¡Son huesos! ¿Todos no son palos!— Exclamó César, tomando lo que parecía un palo y observándolo a la luz de la linterna.

—A eso se debe el fuerte olor a muerto, que yo creía que era de murciélago —dijo Aurelio— salgamos antes que despierten. Si queremos explorar aquí, primero tenemos que expulsarlos.

Con mucho cuidado, sin hacer ruido salieron.

—¿De quién serán los huesos? ¿de los guardianes, o de los buscadores? —dijo Joel.

—¿Cómo saberlo? Tal vez cuando entremos podamos ver algo que nos ayude a entender —dijo César.

—¿Qué hacemos ahora? —dijo Aurelio.

—Creo que primero debemos expulsar a los murciélagos y luego iluminarlo todo y entrar con máscaras —dijo César con voz de experto— además, hay que determinar la ubicación exacta.

—¿Y cómo haríamos eso? —Preguntó Aurelio

—Con la piedra mapa.

—Me había olvidado. Ahora regresemos que ya la noche está próxima —dijo Aurelio.

—Sí, porque, además, me siento muy cansado. Salgamos —concordó César.

Cuando volvieron al campamento, Joel les anunció la cena.

—Hoy tendremos chupe de camarones.

—Caramba. Mejoramiento de rancho. Para que César se reanime —dijo Aurelio riéndose.

—¿Ya no regresan hoy a la cueva? —preguntó Joel.

—Hoy ya no. Todavía César no sabe si el mapa de la piedra funciona. Tendremos que verlo mañana —Aurelio quería hacer una broma, pero nadie entendió y César no tenía ánimo para hablar. Tan pronto llegó al campamento se despojó de todo el equipo y se dejó caer al suelo, cansado. Aurelio recogió la pistola y se la entregó a Joel.

El sol se ocultó tras los cerros que proyectaban su sombra sobre el campamento y empezaba a correr un viento frío anunciando una noche de bajas temperaturas, más frías que el primer campamento donde pasaron la noche anterior.

—Alguien se acerca —dijo Pedro que se había revelado como el poseedor del mejor oído.

—¿Alguien o algo? —dijo Aurelio

—Alguien ¿no lo ven? Allá en el caminó —dijo Pedro señalando en la dirección donde se veía a un hombre montado en una mula.

—Ya lo vi —dijo César y los demás asintieron.

—Parece que nos ha visto y se dirige para acá —volvió a hablar Pedro.

—Joel, toma tu pistola y evita que la vea, que lo mismo haré yo —dijo Aurelio.

—No se preocupen, que es un campista —dijo Pedro.

Mientras tanto el jinete se seguía acercando despacio y a más de cincuenta metros dijo:

—¡Holaa!

Y se siguió acercando. Montaba una mula colorada robusta y de gran alzada. Él, vestido a la usanza de los jinetes de montaña de esa zona con casaca de lona para soportar las espinas y las ramas, un casco de fibra rojizo, pantalones blue jean y sobre ellos unas botas de cuero de venado, con el mismo propósito de evitar las ramas espinosas; completaba la vestimenta unos botines negros con las puntas ocultas en los estribos marrones de la montura.

—Por la hora, es seguro que quiere pasar la noche en el campamento —dijo Pedro, como conocedor de las costumbres de esta región.

—¿Y qué hacemos? ¿le decimos que no? —dijo Aurelio con desconfianza.

—De ninguna manera, sería un desaire grave. Además, yo lo conozco y no representa ningún peligro para ustedes.

—Bueno tendremos que confiar en tu consejo y en el hombre

—Se llama Rosendo.

El hombre, Rosendo, se acercó a menos de diez metros y sin desmontar dijo:

—Buenas tardes, me dirigía allí abajo, a los Guabos para pasar la noche, pero me pregunté si no sería mejor pasarla acompañado, si es que no tienen inconveniente.

Aurelio siguiendo el consejo de Pedro:

—Por supuesto y así nos hace compañía.

—Bien, muchas gracias. Voy a desensillar entonces.

Poco a poco le fue quitando a la mula la montura, la carola, las jergas y el freno, que calmadamente iba colgando en las ramas de los árboles. Puso a un costado sobre el piso, una alforja, una frazada, un cobijón y una carabina.

—Regreso en un momento —dijo— debo darle agua a la bestia —agregó y enrumbó camino a la quebrada jalando a la mula.

—Tiene una carabina —dijo Joel a Aurelio, cuando Rosendo se había alejado.

—Sí, ya la vi, espero que no sea peligroso.

—No lo creo —dijo Emilio— si así fuera, no dejaría su arma, más bien me parece que peca de confiado —agregó.

—Bien, entonces hay que invitarle a cenar, aunque no tenemos platos —dijo Joel.

—No te preocupes por eso, él debe cargar los suyos, si pensaba pasar la noche en los Guabos —dijo otra vez Pedro.

Al volver Rosendo, ató la mula a un tronco, limpió el suelo de algunas piedras y palos, sacó una talega de tela con algarrobas y se la dejó cerca al animal para que coma, tras lo cual se acercó al grupo con una pequeña alforja, la frazada y el cobijón al hombro y su carabina en la mano.

—Gracias por permitirme pasar la noche en su paraje —dijo de pie frente al grupo— tengo carne seca de venado por si a alguien le interesa probar —agregó.

—Bienvenido y tome asiento —dijo Aurelio como bienvenida.

El hombre se sentó en un tronco seco al costado de un árbol. Joel había empezado a servir la comida consistente en chupe de camarones y de segundo, conserva de atún y papas sancochadas. Pedro repartía los platos.

—Don Rosendo ¿tiene platos para que le sirvan la comida? —le preguntó Pedro.

—Claro Pedrito y muchas gracias y no se olviden de la carne de venado que les ofrezco.

—Será para luego, porque ya la comida está hecha —le dijo Pedro— ¿y tendrá un jarro para el café?

Se distribuyó la comida y las bebidas calientes. Se cenaba en silencio cuando ya la noche cubría casi por completo el valle.

—¿Y qué hacen por aquí? —preguntó Rosendo.

Era la pregunta que todos esperaban, aunque el campista la hacía más para romper el hielo que para enterarse, aunque esto no lo sabían los demás, especialmente los citadinos a quienes no dejaba de incomodar la presencia de Rosendo, no obstante que entendían que no les quedaba otra alternativa, según Pedro.

—¿Han venido a conocer el Encanto? —volvió a preguntar Rosendo.

—Así es —dijo Aurelio.

—Eso está muy bien, así se hace ejercicio y se respira aire puro. ¿Y qué les ha parecido?

—Muy interesante —dijo Aurelio, que era el único que hablaba de los del grupo.

—Pero no hay mucho que ver en realidad, es solo una cueva, aunque se ha tejido la historia de que el que entra no sale, pero yo he vivido toda mi vida por estos sitios y nunca he sabido que a alguien le haya pasado aquello. La leyenda supongo que se debe a la existencia de partes de un esqueleto en la parte del fondo. Yo mismo he entrado una vez y como pueden ver pude salir.

—¿Y usted que hace por aquí? —preguntó Emilio.

—Yo a ti si te conozco —fue la respuesta de Rosendo.

—Sí, yo también —dijo Emilio.

—Tú eres hijo de la Luisa. Te he visto en su casa ya hace tiempo. Me preguntaste qué hago por aquí, te contesto: ando cazando a un león, a una leona en realidad, que carga un cachorro, según deduzco por el rastro.

—¿León, don Rosendo? —preguntó Pedro.

—¿León por estos sitios? —también preguntó Aurelio, que se sentía más aliviado al conocer el motivo de la presencia del extraño.

—Así es. Ha matado en Carrizalillo, en Peña Blanca y en la Cruzada.

—¿Y le pagan? —preguntó César.

—Qué tal si hacemos una fogatita, para vernos las caras y calentarnos un poco y así también les preparo la carne de venado que les ofrecí y un cafecito de olleta. Denme la oportunidad de agradecerles —dijo Rosendo, sin responder a las preguntas.

—Ahí tenemos la hornilla —dijo Joel.

—Pero no alumbra ni calienta —insistió Rosendo.

—Es que no quisiéramos que nos vean —se le salió a Aurelio.

—Que los vean ¿quiénes? Las fieras o las personas. Permítame decirle que las fieras se alejan del fuego y en cuanto a las personas, no hay quién se anime a caminar de noche por estas montañas.

—¿Y por qué no pueden caminar de noche las personas? —dijo César, que ya había escuchado lo mismo al guía de su primer viaje.

—Hay muchos duendes, que, siendo inofensivos, las personas no lo saben y se asustan.

—Qué interesante. Yo no sabía eso —dijo Emilio.

—Es que tú no has caminado por aquí. Ven ayúdame a recoger leña. Con cuidado. Tú también Pedro, que tu sí eres montañero, o al menos tu padre lo era.

Juntaron la leña y Rosendo encendió una fogata que alumbraba y calentaba como dijo. Todos se sentaron alrededor.

—Me preguntaron si me pagan por cazar al león. La respuesta es que algunos ganaderos colaboran cuando les presento una pata del animal, pero si no lo hacen es lo mismo, porque a mí también me hace daño y de todas maneras tengo que salir a cazarlo y, además, todos esperan que lo haga, porque en estos tiempos ya soy el único capaz de hacerlo, modestia aparte.

Mientras hablaba iba sacando de su alforja la carne seca de venado, un frasquito de aceite, una sartén pequeña y una olleta.

—¿Y cómo lo puede encontrar en medio de esta maleza? —preguntó Aurelio.

—No es muy complicado. ¿Ha visto esos dos perros que me acompañan? Ellos son los encargados de ubicarlo. Yo solo el rastro, que ya lo tengo. Se dirige hacia el sitio del Pichilingue, ahí hay una cría y no sería raro que mañana me digan que ha matado a alguna cabra por ahí. Una vez que come se vuelve lento.

Rosendo puso la carne seca en la sartén e hizo hervir café en la olleta, improvisando una hornilla con piedras.

—Muy interesante —dijo Joel como para sí.

—Pero los perros no son los que lo cazan —dijo Pedro.

—Claro que no. Tú sí sabes. Los perros lo cansan, lo hostigan hasta lograr que se encarame a un árbol. Cuando eso sucede el león está perdido porque allí empieza el trabajo de la carabina, de esa que cargo.

—Pero los perros no son muy grandes ¿no le temen al león? —preguntó Joel, ahora si fuerte y claro.

—Es que los perros no se enfrentan cuerpo a cuerpo con la fiera, solo lo ladran y retroceden. Como dije, hasta que lo encaraman.

—¿Son perros de una raza especial? —preguntó Aurelio.

Rosendo terminó de freír la carne y preparar el café. Pedro repartió lo preparado y Rosendo ya sentado en su tronco dijo:

—No tanto. Son más bien chuscos, pero entrenados. Les cuento una anécdota. Yo tenía una perra leonera. Un día salí con ella a perseguir un león, pero por motivos de urgencia tuve que abandonar la cacería y la perra no me quiso seguir. No quiso abandonar la cacería. Pasaron unos días y la perra no volvió a casa, entonces salí a buscarla, por donde supuse que se había ido el león, después de días la encontré al fin, estaba muerta con las patas delanteras sobre el tallo de un árbol y arriba el león también muerto.

—Ja. Ja, nos está tomando el pelo —dijo Aurelio y todos rieron.

El ambiente se había vuelto acogedor, tibio y tranquilo. Todos estuvieron de acuerdo en que la carne de venado tenía buen sabor, lo mismo que el café de olleta preparado por el cazador.

Aún siguieron conversando un poco más y cada uno contó alguna historia, hasta que Aurelio pidió a todos acostarse. Prepararon sus carpas personales y sus bolsas de dormir. Rosendo también preparó su cama con las jergas de su montura, su frazada y su cobijón. El fuego era mantenido también por Rosendo.

Aurelio dispuso hacer guardia. Rosendo estuvo de acuerdo, aun cuando estaba seguro de que el león no se acercaría mientras se mantenga el fuego encendido y se ofreció a hacer la primera guardia.

—No es necesario —dijo Aurelio, porque no le parecía seguro que un extraño velara su sueño, aun cuando este parezca buena gente— nosotros nos encargamos, estamos preparados para eso y por primera vez le mostró al cazador las armas: tres pistolas y un fusil corto.

—Entiendo, no se preocupen —dijo Rosendo— dormiré tranquilo sabiendo que estoy muy bien protegido, además de que lo necesito.

La primera guardia la hizo Aurelio. Rosendo le recomendó no dejar que se apague el fuego.

Los excursionistas, cansados por las emociones del día se quedaron dormidos pronto, hasta muy entrada la madrugada, cuando Joel los despertó moviéndoles las carpas.

—¡Vamos despierten!

Pedro fue el último en despertarse y cuando lo hizo escuchó el ladrido de los perros alejándose y vio a Aurelio y a César con sendas pistolas y apuntando a la noche con sus linternas, a Joel con el fusil corto y a Emilio también con una linterna. No vio a Rosendo y se imaginó que era el responsable del zafarrancho. Pero no. El cazador estaba atizando el fuego, que Joel lo había dejado apagarse.

—Han podido ver algo —dijo Rosendo que había vuelto a encender el fuego, avivándolo con hojarasca. También tenía la carabina en la mano.

—No se ve nada y no disparamos por si sean personas, a menos que nos disparen —dijo Aurelio parapetado detrás de un tronco.

—No son personas. Son fieras, debe ser la que estoy buscando. La mula está muy nerviosa, por ella y por el ladrido de los perros me desperté y alerté a su guardia.

—¡Miren allí! —dijo de pronto Emilio.

El rayo de luz de su linterna era reflejado en los ojos de un animal en la copa de un árbol. Se veían como dos brasas.

—¡Se ha encaramado! —dijo Rosendo y salió en la dirección del árbol, con su carabina.

—Por favor no dejes de alumbrarlo, está encandelillado —dijo alejándose con cuidado.

Minutos después se escuchó el ruido de un disparo que el eco hizo parecer que los cerros se disparaban unos a otros. El disparo hizo que los murciélagos de la cueva se agiten, abandonando su escondite en bandadas. También se escuchó el ruido de ramas rotas y al final un ruido sordo. Los perros habían dejado de ladrar.

—Lo ha cazado el desgraciado —dijo Emilio.

—Voy a ayudarle —dijo Pedro.

—Yo te alumbro —dijo Emilio dirigiéndose hacia donde estaría el cazador.

—Cuidado con los perros —dijo Aurelio al verlos alejarse.

Efectivamente, Rosendo había acertado el tiro. Trajeron al león o leona al campamento, era muy pesado de patas muy fuertes, más gruesas que las muñecas de cualquiera de los presentes.

—Este no es el que busco. Este es macho y yo busco a una hembra con su cachorro. Es probable que se hayan acercado juntos al campamento, pero la hembra se ha escapado —dijo Rosendo.

Ya estaba amaneciendo. El cazador decidió marcharse sin esperar el desayuno. Tenía que presentar el animal muerto a los otros ganaderos y destazarlo; y aquí no tenía lo necesario para esto. Mientras recogía su cama, ensillaba la mula y preparaba al león muerto metiéndolo en una bolsa de plástico «para evitar que la mula lo huela», Joel hizo hervir agua con la que preparó un café que le invitó a Rosendo.

—Para el camino —le dijo.

—Muchas gracias. Si se quedan por aquí hasta mañana, les traeré un poco de carne de león para que prueben —dijo.

Se despidió de cada uno dándoles la mano y partió con el animal muerto cruzado en su montura.

—Menos mal que ha sido león —dijo de pronto Pedro.

—¿Por qué? —dijo Aurelio.

—Porque si hubiera sido tigre habría matado a la mula. Ataca de sorpresa, como el gato, mientras que el león ataca de frente. Eso decían los antiguos de esta zona.

—Ya Pedro, no metas miedo —dijo César.

—Ya que estamos conversando —dijo Pedro— ¿Hoy bajamos al pueblo?

—Así es. Por la tarde —dijo Aurelio.

Todos permanecieron por un rato arrecostados en los árboles, arropados con las mantas para soportar un frío intenso y seco que se calaba hasta los huesos, a pesar de la fogata que ahora otra vez se estaba apagando.

—Este frío, me ha sorprendido —reconoció Aurelio— creí que estas montañas eran tibias.

César y Aurelio fueron los primeros en tomar desayuno y antes de las siete de la mañana se fueron a la cueva.

En la entrada y mirando hacia adentro César sacó un papel de un bolsillo de su camisa y como escolar en fiestas patrias, recitó:

—«*Apu paqarkuy waqaycha jalichayruna nukkanchis kachaskga Wiraqucha apay kkinaco.*»

A su costado, Aurelio estaba muy serio, con las manos cruzadas adelante, como si estuviera escuchando misa.

Esperaron un momento el efecto de las palabras recién pronunciadas, pero no pasó nada. Repitió:

—«*Apu paqarkuy waqaycha jalichayruna nukkanchis kachaskga Wiraqucha apay kkinaco.*»

Y tampoco pasó nada.

—Acércate, escucha y estate atento a cualquier ruido o movimiento —le dijo a Aurelio.

—«*Apu paqarkuy waqaycha jalichayruna nukkanchis kachaskga Wiraqucha apay kkinaco.*»

Y otra vez no pasó nada.

—¿Escuchaste algo?

—Nada. No pasada nada compadre —dijo Aurelio con una voz que denotaba decepción— ¿Y qué esperas que pase, al pronunciar esas palabras?

—No lo sé con exactitud. Pero se supone que hará visible, lo que está oculto, que abra una puerta invisible a simple vista. Algo, no sé. También es mi primera vez.

—¿Y tú crees que unas palabras tendrían efecto sobre una roca? ¿De verdad lo crees?

—Tú también lo has creído, pero ante el fracaso, te conviertes en racionalista —dijo César fastidiado— abandonas el barco inmediatamente cuando ves que se hunde, como tú ya sabes quiénes.

—Ya no te pases, tampoco es para tanto. Sí, es verdad que yo he confiado en ti y por eso estoy aquí, pero no necesariamente en tus métodos.

A César le había dicho el que le vendió los versos, que debía pronunciarlas frente al lugar donde se encontraban escondidos los objetos. Se había imaginado que era como el «ábrete sésamo» de la cueva de Alí Babá. Como una orden para el guardián del tesoro, dada por el dios Wiracocha, el hacedor de todo lo que existe, incluido el Inca y el mismo dios Inti o la diosa Pachamama.

Otra vez leyó, ignorando a Aurelio. Esperó un momento con el oído aguzado. Nada.

—Tal vez no es el quechua que hablaban los Incas —dijo Aurelio.

Ya César no sabía si su acompañante hablaba en serio o se estaba burlando de su conjuro.

—Me dijeron que era quechua cuzqueño.

—¿Quechua cuzqueño, en Tumbes?, sería en todo caso tumbesino.

—El quechua verdadero era del Cuzco.

—¿Y tú sabes quechua cuzqueño, lo confirmaste con un experto? —insistió Aurelio.

—No era necesario.

—¿Cómo que no era necesario?

—No. Porque me parece que las palabras no pueden tener necesariamente un significado de uso conocido, son como un *Password* hablando en términos actuales. Sin contar, que los incas no tenían escritura.

—Ah, carajo los Incas sabían de computación —se burló Aurelio.

«Solo la necesidad me obliga a tratar con ignorantes» pensó Cesar, pero en cambio dijo:

—Ya deja de molestar.

A Aurelio no le agradó la respuesta, pero insistió:

—Si el problema está en la pronunciación, hace falta uno que hable quechua cuzqueño.

—Ya estamos aquí. ¿Qué hacemos, nos vamos a buscar a un quechua hablante cusqueño?

Aurelio se quedó callado un momento ante la lógica de César, pero volvió a la carga:

—Entonces algo pasa, no funciona. Utiliza los otros métodos. Saca la piedra mapa, tal vez allí se indique algo, porque si no, estamos jodidos como locos hablándole a una cueva en un quechua que ni siquiera entendemos.

—La piedra es para la ubicación —refutó César— pero de todos modos mirémosla.

—¿Y no es la ubicación lo que estamos buscando? —replicó Aurelio, malhumorado.

De una cartera de lona que llevaba ajustada a su cintura sacó una piedra con forma de biscocho como de quince centímetros de diámetro. La inspeccionó desde todos los lados, por arriba, por abajo, por los costados, a pesar de que ya lo había hecho cientos de veces, usando luces de diversos colore y lunas de aumento, pero esta inspección más tenía la intención de calmar las observaciones de Aurelio, con las que, al parecer, ocultaba su desesperación por el fracaso.

—Aquí no hay más —dijo César mostrándola. Aurelio la miró de igual manera y llegó a la misma conclusión.

—Tienes razón. Pero están las marcas que se supone indican la ubicación, que es lo queremos para pronunciar el conjuro.

—Pero ¡qué tonto, carajo! —dijo de pronto César.

—¿Qué pasó? ¿Tonto yo? ¿Por qué me hablas así? —dijo Aurelio, beligerante.

—¡Yo soy el tonto! He leído el papel equivocado, el que tengo que leer es este —le mostró un papel amarillo, adoptó una posición erguida y ceremoniosa y leyó:

«Jatun punkuta Wiracochapa taapaq
pasayckachiuway apuyniquita jahuaccachiwuay
ñujapa churanaypaq timpuyña»

—Tampoco pasa nada. Las palabras no se dicen en la puerta si no adentro, donde nos señale la piedra mapa —razonó Aurelio.

—Puede ser. Entremos, entonces.

Capítulo nueve

Pedro había decidido escaparse, porque se sentía retenido contra su voluntad. Le planteó a Emilio hacerlo juntos, aprovechando que se habían alejado del campamento a pescar camarones en el riachuelo, como el día anterior.

—¿Y por qué no nos vamos y dejamos a estas personas? Total, ya cumplimos.

—¿Por qué haríamos eso? Si ni siquiera te han pagado —dijo Emilio.

—¿No te has dado cuenta de que no son turistas? Yo creo que buscan algo.

—Sí, buscan algo.

—¿Y qué pasará después? ¿Y si vienen los otros que dicen son peligrosos? ¿Qué vamos a hacer nosotros? —dijo Pedro convencido de que corrían peligro quedándose— Nos vamos por el otro camino, por el Pichilingue.

Emilio pensó que Pedro podría tener razón, especialmente si los que venían eran los socios de la documentalista de la que habló César.

—Cállate. ¿Escuchas? —le dijo Pedro, interrumpiendo sus pensamientos.

Claramente se escuchaban pasos, aplastando ramitas secas y hojarasca.

—Serán cazadores o camaroneros —respondió Emilio para minimizar el efecto sobre sus temores.

— Espera voy a mirar.

Pedro se asomó para observar el camino y rápidamente volvió a esconderse.

—Creo que son los otros, que decían. —le informó a Emilio.

—¿Los que vienen de Lima, o los otros?

—Quiénes sea que fueran, parecen peligrosos.

—Entonces habrá problemas —dijo Emilio pensativo.

—¿Qué hacemos? —preguntó Pedro preocupado— ¿Nos vamos?

—Hay que esperar, que se alejen.

Se quedaron con el cuerpo pegado al barranco en la rivera del riachuelo. De pronto escucharon como si alguien corriera. Se asomó Emilio.

—Han cogido a Joel. Si no nos hubiéramos venido nos habrían cogido también. Parecen soldados.

—¿Qué hacemos? —volvió a preguntar Pedro.

—Esperar.

—¿Esperar hasta cuándo?

—Hasta que se metan en la cueva, para eso han venido.

Vieron llegar a cinco hombres y uno de los cuales, que parecía ser el jefe, habló con Joel y luego se dirigió a la cueva acompañado con otros dos. Joel permaneció en el campamento, lo hicieron sentar.

—Dos son los que se han quedado con Joel, pero no parecen que estén armados —dijo Pedro.

—Parece que uno tiene una pistola, pero en todo caso tampoco necesitan para controlar a Joel.

—Eso es verdad.

—¿Alcanzas a ver la entrada de la cueva? —preguntó Emilio, que tenía alguna dificultad para ver a lo lejos.

—A penas, las ramas no me dejan.

—¿Ya llegaron los intrusos?

—Sí, pero no se observa que haya pelea.

Capítulo diez

—¡Caballeros, buenos días!

—Lo que faltaba —dijo Aurelio.

Sonriente y burlón, con las manos en la cintura estaba Lorenzo enfundado en uniforme militar de camuflaje, con otro hombre también con uniforme y de José Beltrán, su cuñado.

—Los traidores robándose mi tesoro —dijo Lorenzo, manteniendo su tono burlón.

—¿Quién habla de traidores? ¿Tú, el traidor mayor? —le salió al frente Aurelio, con una mueca de desprecio.

—Tú me vas a dar lecciones de lealtad. ¿Tú al que solo lo mueve el interés?, ¿el angurriento mayor?

—Yo solo te digo que no me vuelvas a llamar traidor. Porque aquí el único traidor eres tú —dijo tajante Aurelio.

Debajo de estas palabras parecía que corría la historia de Laura.

—Bueno, ¡ya! ¿Y dónde está mi tesoro? —dijo Lorenzo.

—¿Tu tesoro? ¿Tú qué te crees?

—¿Tú que dices, César? —dijo Lorenzo.

—Qué quieres que diga, para mí es lo mismo, me asocié con quién primero aceptó. No tenía con nadie un contrato de exclusividad.

—Pero yo te ayudé. Yo te di trabajo —Dijo Lorenzo, reclamándole con despecho a César.

—Un trabajo que ya estaba perdido si no aceptaba la propuesta de Aurelio. Por eso digo que para mí es igual. Los problemas entre ustedes deberían ser solo de ustedes.

Lorenzo guardó silencio un momento, para volver a la carga:

—Quiero ver el mapa y todo lo que me dijiste que tenías —Y sacó una pistola, pero no apuntó a nadie, la mantuvo empuñada apuntando al suelo, con la mano extendida pegada al cuerpo.

Aurelio se preguntaba si Lorenzo sería capaz de dispararle. Se negaba a aceptar esa posibilidad. ¿Y si la cueva ejercía algún tipo de encanto, como dicen las personas de estos sitios?

—Ya deja esa pistola, yo te daré los mapas.

—¿Tienes miedo, Lelo? —dijo Lorenzo agitando el arma con imprudencia.

El ruido de un disparo retumbó produciendo un eco como trueno en la tormenta.

—¡Me disparaste, cojudo! —dijo Aurelio tocándose el pecho, asustado e incrédulo.

—¡Carajo, se me disparó! —dijo Lorenzo, asustado también— ¿Te pegué? —agregó, acercándose a su hermano.

—¡Vete al diablo, Lorenzo! —dijo Aurelio levantando la mano para que no se acerque.

—¡Tú tienes la culpa!

—¿Ah, yo tengo la culpa? Tú me disparas, pero yo tengo la culpa, muy típico en ti.

—Fue un accidente. Pero ahora me culparás toda la vida. Dirás por ahí que te disparé. Que quise matarte.

—¿Qué? ¿Y no es cierto?

—¿Estás herido, acaso?

—¡Me has disparado! ¿No es suficiente?

—Ya no me des nada. El que me debe la información es César.

—Entonces yo me voy. ¡Quédate con César, a jugar al huaquero!

—Tú no te vas. Serás mi invitado. No irás llorando con la policía a decir que te disparé.

—Eres un pobre diablo, Lorenzo —dijo Aurelio.

—Es el despecho que no te abandona nunca —dijo Lorenzo con sorna.

—¡Otra vez! ¿Te refieres a Laura? Ella ya pagó y si tú tuvieras conciencia estarías arrepentido.

—¡Conciencia! ¿Como la tuya?

—¡Sí, como la mía!

Lorenzo ya no le contestó, ya tenía su pequeño triunfo, lo había alcanzado y ahora tenía el control.

—Tú César, dime cómo vamos a encontrar el tesoro.

—Tenemos que hacer algunas medidas.

—Entonces, empecemos de una vez, ¡y no te hagas el vivo!

—Primero hay que aclarar lo de la sociedad —dijo César.

Aurelio, repuesto del susto del disparo, se sentó con los ojos cerrados, como aburrido y sin ganas de seguir discutiendo. Ante la pregunta de César, se sonrió.

—¿Cómo?, ya tenemos un acuerdo —dijo Lorenzo refiriéndose a la conversación tenida con César, cuando le propuso buscarle un socio.

—Pero ahora somos más, por eso pregunto: ¿qué van a hacer? —intervino otra vez César.

—Soy un hombre de palabra —dijo Lorenzo.

—Sí. ¡Claro! Ja, ja —dijo Aurelio abriendo los ojos y burlándose de la mentira de Lorenzo.

—El que acaba de traicionar, se burla —dijo Lorenzo.

—No hay traición donde no había pacto. Es únicamente un negocio —dijo Aurelio.

—Bueno ya. Yo soy un hombre de palabra, aunque alguien, que no la tiene, piense lo contrario. Por eso yo sostengo cincuenta y cincuenta.

—Cincuenta y cincuenta con quién —dijo Aurelio, interesado.

—Con César. Ya él verá que hace con su parte.

—¿Me pones bajo la repartición de César?

—Es más de lo que mereces. Si dices que te vas.

—Si tú me has dicho que me quede.

—Como mi invitado. Sin derechos.

—¿Cómo tu convidado de palo? ¡Por favor! Ese es tu sueño.

—¡Ya córtenla que aburren! Y volviendo al punto, a mí me debería tocar la mitad, pero acepto un tercio. Lo demás es problema de ustedes —dijo César— la verdad, lo que más me importa ahora es terminar con esto y no volver a verlos jamás.

—Un tercio para César. Ahí sí no estoy de acuerdo —dijo Aurelio dispuesto a negociar.

—Como los tres socios de la conquista, ¿te acuerdas? Tú lo dijiste —le recordó César.

—Eso fue en otro momento. Con otros socios, sin intrusos.

—Entonces ¿Cuánto crees que merezco? —preguntó rápidamente César para evitar la respuesta de Lorenzo a la alusión del hermano.

—Veinte y nosotros cuarenta y cuarenta —dijo Aurelio—, porque tenemos a otras personas con quienes compartir.

—Entonces cuarenta, cuarenta y veinte. El resto de la gente es problema de cada uno —dijo Lorenzo y mirando a José Beltrán y a Tino, su otro acompañante, les dijo —: ¿cierto?

La respuesta fue una sonrisa. José Beltrán ya se imaginaba lo que les daría Lorenzo.

César sonrió también, los hermanos que no paraban de pelear, cuando se trataba de pelar a otro, siempre se ponían de acuerdo.

—Acepto, discutir con ustedes, es perder el tiempo, porque solo ven rivales en disputa por una presa.

—Deja de analizarnos y limítate a tu papel —dijo Aurelio, que siempre era el más agresivo con César.

—Es que sus peleas me perjudican, como ahora cuando hemos cometido el peor error de hablar de repartijas en la puerta misma de la cueva, donde se supone que está el objetivo.

—¿Objetivo?

—Sí. Objetivo. Abstente de utilizar la otra palabra para referirte a lo que buscamos —dijo César con determinación.

—Sí tú lo dices, no hay problema —dijo Lorenzo encogiéndose de hombros— será «el objetivo» entonces.

—Entonces, ¿qué esperamos? —dijo Aurelio animoso, era mejor compartir que perder.

Los hermanos se sentían bien otra vez, satisfechos con el arreglo. Al resto, incluidos los cuñados, los manejarían a su antojo.

A César sin embargo le preocupaba que le quiten todo. Los hermanos habían demostrado que se unían como un puño para golpear a otras personas y sumado el amor al dinero, que en un momento de sinceridad le llevó a decir a Aurelio: «yo por plata, mato», claro que figurativamente, pero el mensaje era claro.

—Bien. Busquemos el lugar exacto —dijo César.

Tomó la piedra con el croquis, o «piedra mapa» como le decían, la giró para orientarla en dirección al fondo de la cueva.

—¿La piedra mapa? —dijo Lorenzo, estirando la mano para que César se la entregue.

—Sí. Pienso que es la clave para determinar el sitio exacto dónde buscar —dijo César.

Lorenzo la miró por todos lados y se la devolvió a César, sin entender nada.

La piedra tenía cuatro huequitos tallados: tres en línea recta y el cuarto desalineado y con un aspa tallada sobre aquel. La lógica decía que la equis indicaba el lugar del objetivo.

César coloco la piedra en el piso de la entrada orientando las marcas en el sentido de la cueva; y al levantar la mirada, vio algo le llamó la atención, algo que no había observado antes: una mancha de luz sobre una de las paredes, la del lado derecho.

Dejó la piedra donde la había puesto y se internó en la cueva. Los demás lo siguieron, menos José y Tino, a quienes Lorenzo los detuvo con un ademán. Como a veinte metros, más o menos, había una entrada hacia la izquierda, donde comenzaba otra cueva.

—Aurelio, ¿esta entrada estaba ahí? —dijo César, desconcertado.

—No. Es demasiado grande para no darnos cuenta. Es tan ancha como esta. ¿Será el conjuro?

—¿Qué cosa? —preguntó Lorenzo, que no entendía de qué hablaban.

—Que antes de que nos interrumpieras, César dijo las palabras mágicas que han podido causar esto.

—¿Quieren decir que unas palabras mágicas abrieron un nuevo túnel? ¿Se quieren burlar? ¿Me han visto la cara de *weon*?

—¡Qué nos importa burlarnos de ti! —dijo Aurelio molesto.

—Si abandonan sus peleas, avanzaremos más rápido —dijo César— me aturden.

Se acercaron a la puerta de la nueva cueva. Efectivamente era demasiado grande como para no haberla visto, aun cuando estaba tras una especie de recodo, o semi óvalo. El inicio estaba iluminado, gracias a otra puerta que daba al exterior, al bosque, tan grande como la primera. Imposible no haberla visto antes.

César decidió entrar. Lo hizo. Y comprobó que estaba mucho más iluminado adentro de lo que parecía, por la puerta del costado vio en el exterior a un bosque muy verde, con grandes árboles y aves de diversos tamaños y colores volando de rama en rama o cantando, hasta un cóndor sentado sobre una construcción de piedra; y al mirar hacia el fondo de la cueva, piezas de brillante oro iluminaban el techo y las paredes con sus reflejos, emocionado hasta las lágrimas sintió el deseo de abrazarse con sus acompañantes, pero, ¿Los demás dónde estaban?

—¡Aurelio! ¡Lorenzo! —los llamó a gritos.

No estaban. Seguramente se habían quedado en el otro pasadizo. Tal vez tenían miedo. Los iría a buscar para compartir la alegría y asegurarse de que al fin había encontrado el tesoro de Atahualpa, que muchos le decían que era una fantasía. Ya pensaba no solo en la riqueza, si no en la fama, más en la fama, porque al fin y al cabo era arqueólogo. Eso pensaba y más que eso, lo sentía. Estaba desbordado por la emoción cuando vio cómo desde el fondo las paredes y el techo de la cueva se fueron cerrando, como un tubo flexible aplastado por una mano gigante. Al cerrarse, también aplastaba y desaparecía a su tesoro: su primera intención fue correr y tomar, aunque sea una pieza, pero lo que empezó silenciosamente como en una película sin sonido, se fue transformando en un ruido horrible que inspiraba un miedo descontrolado, que inducía a solo escapar, y así lo hizo, dirigiéndose lo más rápido que pudo hacia la puerta por donde había entrado; en el camino se encontró con los hermanos, parados como tontos, mirando a la cueva aplastarse. Los empujó con todas sus fuerzas; y todos terminaron en el arroyuelo, empapados, rígidos; y Lorenzo con una herida en la cabeza que hacía que le corra sangre por la frente, manchando el agua del arroyito. Ni Aurelio, ni César habían sufrido ningún corte, gracias a los cascos que portaban.

El ruido seguía siendo ensordecedor, cuando César, que había caído encima de los dos hermanos, se percató, al incorporarse, que aquellos no se movían, por lo que supuso que se habían desmayado. Se imaginó también que toda la cueva se podía desplomar en cualquier momento, cuando el ruido desapareció. Llamó a gritos a José Beltrán y a Tino que se habían quedado en la entrada. Necesitaba ayuda para mover los cuerpos inmóviles de los hermanos.

—¡Heey, oigan! ¡los de la entrada! ¡Ayuda!

Acudieron rápidamente ante los gritos desesperados de César. Vieron a los hermanos tirados en el suelo sobre el arroyuelo; y a Lorenzo sangrando. Cogieron a este primero, uno de los pies y el otro de los hombros, y lo sacaron. César trataba de arrastrar a Aurelio, hasta que volvió

Tino a ayudarle. Ya afuera, José Beltrán le estaba dando reanimación cardiopulmonar a su cuñado.

—¡No respira! —gritó José Beltrán al ver a los otros que salían cargando a Aurelio— ¡Hagan lo mismo! ¡Presionen su pecho!

Lo acostaron en el piso y César empezó a hacer lo mismo que hacía José Beltrán, que parecía saber lo que hacía, justo en el momento en que Lorenzo reaccionó, aunque un poco mareado no se daba cuenta de lo que estaba pasando, hasta que vio a Aurelio recibiendo las compresiones sobre el pecho.

—¡Mi hermano! ¡Qué tiene! —no terminaba de decir esto Lorenzo cuando su hermano reaccionó.

Aurelio al recuperar el conocimiento, vio a Lorenzo mirándolo con lágrimas que corrían mezcladas con la sangre de la herida en la cabeza.

—¿Qué te paso? —le dijo mirando de manera extraña, con ternura, a Lorenzo, luego se sentó, sacó del bolsillo trasero de su pantalón un pañuelo mojado y le limpió la sangre.

Lorenzo le tomó la mano, para que no continúe.

—Estoy bien. No es nada —dijo.

Y luego lo abrazó, para decirle:

—Perdóname Aurelio, perdóname hermano.

—Tú también perdóname —dijo Aurelio, ahora llorando también— déjame ver tu herida.

—Estoy bien —dijo Lorenzo al ver a su hermano preocupado—, ¿tú cómo estás, ¿dónde te has golpeado?

—Yo no tengo nada —dijo Aurelio— ¿Y tú estás bien? —dijo ahora dirigiéndose a César.

—Muy bien, pero también muy confundido ¿Qué ha pasado?

—¿No viste lo que pasó? —dijo Lorenzo

—Claro, por eso estoy confundido. ¿Hay una construcción incaica, al otro lado del cerro, o es otra cueva?

—¿De qué hablas? —dijo Aurelio extrañado, tal vez César estaba delirando.

—¿No vieron por la puerta del costado?

—Yo vi la puerta —dijo Lorenzo

—Yo también —dijo Aurelio

—Más allá de la puerta, hacia afuera, ¿no miraron?

—De reojo. No tuve tiempo, lo que sucedía adentro era más importante —dijo Lorenzo.

—Ah, claro. ¡Qué tesoro más impresionante!, ya no importa decir el objetivo —dijo César todavía emocionado.

—¿Tesoro? —dijo Lorenzo.

—¿Tesoro? —dijo Aurelio.

—Tesoro. No me digan que no se percataron. Entonces ¿Qué vieron?

—No sé qué vio mi hermano, pero cuando entré vi una luz intensa en el fondo y luego la silueta recortada de Lorenzo avanzando hacia la luz, en el momento en que la cueva se desplomaba y le caía encima. Tuve miedo. Quise ayudarlo, pero no sabía cómo. El derrumbe avanzó como una mancha negra hasta donde yo estaba, entonces corrí y lo abandoné; y me sentí culpable de mi cobardía y luego todo se volvió confuso, hasta que vi a mi cuerpo tirado en la cueva al costado de Lorenzo. Me creí muerto y sentí un inmenso vacío. Mi vida entera se redujo a una sola palabra: estupidez.

—¿Tú has visto eso? —interrumpió Lorenzo— porque yo he visto lo mismo. Luego mi cuerpo a tu costado. Entonces ¿también viste que nos abrazamos?, ¿mientras nuestros cuerpos permanecían tirados en el charco. ¿Viste cuando nos sacaron? ¿estábamos muertos?

—¿Escuchaste a mamá? —lo interrumpió Aurelio.

—Sí, y sobre todo sentí un gran remordimiento y hasta vergüenza frente a ella de mi comportamiento durante toda nuestra vida.

—Es verdad. Tristeza no por mi muerte, si no por no haber sido mejor hermano, sin tiempo para corregir. Por haberte abandonado —dijo Aurelio, ante la sorpresa de César y los otros que no entendían de qué estaban hablando, pero no los interrumpieron.

—Nunca he sentido tantas ganas de llorar. No sé qué me pasaba.

—Hemos estado equivocados toda nuestra vida. Me doy cuenta ahora— A Aurelio se le quebró la voz y se puso a llorar sentado sobre la piedra de la entrada a la cueva con las rodillas encogidas y con la cabeza sobre ellas, con las manos enlazadas por los dedos aprisionándola.

Lorenzo, también lloraba y se sentó al lado del hermano; y lo atrajo suavemente, abrazándolo. Donde sus cuerpos tocándose les transmitían una sensación placentera, nueva, hermosa. Era una escena conmovedora de dos hermanos que se quieren, llorando una gran pérdida, aunque en este caso no estaban perdiendo nada si no ganando todo. Habían ganado otra oportunidad. Otra vida, antes de que el juego acabe.

Los demás solo atinaban a mirarlos confundidos ¿habían perdido la razón? Los hermanos observaron que aquellos esperaban una respuesta, una explicación, por eso trataron de explicar lo vivido, para borrarles la expresión de condescendencia, como asumiendo que estaban locos. Coincidieron en que la cueva era como un túnel donde solo había una luz intensa y no se veían las paredes, y no pasó mucho tiempo para que empiece a cerrase, desapareciendo, tragándose todo, incluidos ellos mismos si no se retiraban, que el miedo los hizo retroceder, abandonando a su suerte al otro, para de inmediato verse tendidos en el suelo, mientras César pedía ayuda y luego trataban de reanimarlos, que vieron pasar ante sus ojos todos los días de sus vidas y no podían entender que solo hayan transcurrido unos minutos. Que también sintieron el dolor de la madre por el desamor de sus hijos.

César, por su lado, observaba a los hermanos, sin creer lo que veía. ¿Habían sido tocados por la cueva? ¿Habían visto otra cosa y no el tesoro, ni las construcciones incas, como él? José Beltrán y Tino escucharon, pero no entendieron, lo más seguro era que habían sido afectados por la cueva, por eso los miraban con pena.

—Todo esto me parece como si hubiéramos sido transportados a otra dimensión —dijo César, sin dejar de pensar en lo que había visto— y también como un milagro para salir antes del colapso.

—Creo que ha sido un milagro, lo que nos ha pasado —dijo Lorenzo.

Aurelio asintió con la cabeza, secándose las lágrimas con el mismo pañuelo mojado.

—¿A dónde vas? —dijo Lorenzo.

César se había incorporado de pronto y se dirigió hacia adentro de la cueva.

—Quiero mirar, si sigue abierta la puerta.

Los hermanos se incorporaron también, ayudándose uno a otro y fueron tras de César. La cueva estaba como antes, con su arroyito de agua cristalina, sus estalactitas, al fondo el paso estrecho, menos la puerta nueva hacia el ramal.

—No está la puerta —dijo César entre sorprendido y asustado.

—Qué extraño. No hay ni señas —dijo Lorenzo, pasando la mano por la pared donde se suponía estaba la puerta.

—Parece que ha sido un portal —dijo César.

—¿Un qué? —dijo Aurelio.

—Un portal inter dimensional.

—¿Qué es eso? —volvió a preguntar Aurelio

—Es una puerta que te comunica con otro mundo, con otra dimensión o con otro tiempo. Aunque ustedes han visto otra cosa, pero creo que hemos ido hasta la época en que capturaron a Atahualpa, al menos yo. Ustedes parece que han ido a otra dimensión ¿por qué todos no hemos ido al mismo sitio? No lo sé.

—Yo si he escuchado de esos portales, dicen que en Marcahuasi hay uno —dijo Lorenzo.

—No lo sé. Yo creo que algo, alguien, Dios, nos ha hecho ver. César a sus ruinas y su tesoro, nosotros el miedo a pedir perdón o a perder al hermano sin haberse reconciliado, solo por capricho, soberbia. O yo qué sé —dijo Aurelio.

—Eso es verdad. El mensaje para nosotros ha sido claro. Pero para César no sé, tal vez que deje de meterse con fuerzas que están más allá de su entendimiento —dijo Lorenzo.

—Tal vez —dijo César —Aunque quiero ver de todas maneras por el otro lado del cerro, de repente ahí está lo que vi.

—No te das por vencido. Pero está bien. Te acompañamos —dijo Aurelio.

Rodearon el cerro, hasta donde se suponía que estaba la salida. Nada. Solo el típico paisaje de la zona: árboles de guápala, guayacanes, guayabas silvestres, almendros y otros árboles y arbustos, sobre un suelo blanquecino de arena y tierra que hacían resbaladiza la pendiente.

César se reafirmó en que se trataba de un portal. Prometió investigar todo sobre aquellos, que, como hombre de ciencia, siempre le pareció una leyenda con mucho charlatán de por medio.

—Así que no vieron el inmenso tesoro de adentro —dijo César incrédulo todavía.

—¿Tú has visto un tesoro? Nosotros hemos visto nuestra miseria —le contestó Lorenzo.

—Pero también nuestro tesoro —dijo Aurelio— y lo hemos rescatado. César, por el contrario, lo ha perdido.

Emilio y Pedro que habían permanecido escondidos, esperando para ver qué seguía con los de la cueva, vieron volver a los intrusos junto a Aurelio y César.

—¿Qué está pasando? —le preguntó Pedro a Emilio que permanecía asomado.

—Tienen a César y Aurelio, pero espera. Es mejor que te asomes

—Parecen contentos. Se ríen y hasta aplauden.

—Acerquémonos un poco hasta allá detrás de ese ceibo —dijo Emilio, empezando a salir del barranco y sin esperar la confirmación de Pedro.

Vieron como en grupo llegaban todos al campamento y les pareció ver a los hermanos abrazados.

—Parece que se han amistado, tal vez ya encontraron el tesoro —dijo Pedro.

—Lo estará abrazando o lo estará aprisionando.

—Acerquémonos un poco más —dijo Pedro, ya con el bicho de la curiosidad en el cerebro.

—Están brindando.

Efectivamente, al volver al campamento de Aurelio, Lorenzo sacó una botella de pisco de no se sabe dónde y les sirvió en los jarros de cada uno. Brindó:

—Quiero hacer un brindis, por este milagro, por la señal que Dios. Sí, Dios que se ha acordado de Nosotros. Sí, de nosotros los más pecadores —no pudo continuar, la voz se le quebró y más de uno terminó con los ojos humedecidos, la mayoría sin saber por qué, hasta Emilio y Pedro que se unieron al grupo detrás del círculo que habían formado. El primero que los vio fue Joel.

—¡Los guías! —dijo y se salió del círculo para abrazarlos.

—¿Quiénes son? —le preguntó Lorenzo a Aurelio.

—Los guías —dijo Aurelio y se fue a abrazarlos también.

—Ah, los guías —dijo Lorenzo sin entender.

César también se unió al abrazo y cuando se separaron dijo:

—¿Y ahora qué hacemos?

—Sobre qué —dijo Aurelio.

—Sobre el objetivo.

—Te lo regalo —dijo Aurelio Riéndose.

—¿Sobre qué? —preguntó Lorenzo.

—Sobre el tesoro. No se resigna —dijo Aurelio.

—Yo también te lo regalo —dijo Lorenzo. riéndose también.

Joel y los que no habían estado en la cueva, no entendieron lo que pasaba con los hermanos, por eso les preguntaron si habían encontrado el tesoro.

—Sí, el tesoro más grande —contestaron. Muy contentos, pero no dijeron más, solo se reían.

Le preguntaron a César.

—Ellos han encontrado su tesoro.

— ¿Y tú?

—Yo lo he perdido.

Los presentes se miraron aún más confundidos, pero contentos, de ver a los hermanos reconciliados, porque las peleas continuas e innecesarias, les resultaban insoportables.

—Bueno, yo regresaré algún día — dijo César— cuando consiga un socio. Qué dices Emilio ¿te apuntas?

Todos lo miraron como si hubiera dicho una palabrota.

—Con socios, jamás —dijo Emilio, aún dolido por haber sido ignorado.

Capítulo once

Joel y los demás que no habían estado en la cueva quisieron saber más sobre lo sucedido, para entender lo que había pasado con los hermanos, pero por más que les contaron, no entendieron. La mayoría se inclinó a pensar que habían tenido alucinaciones. Que habían sido encantados por la cueva. Pasa José Beltrán, se trataba de un ECM y un portal dimensional.

—¿ECM? —preguntó Aurelio.

—Sí. Significa experiencias cercanas a la muerte, que las sufren quienes están al borde de la muerte o han muerto y vuelven a la vida, o los que vuelven luego de padecer una muerte clínica.

—Esas son alucinaciones —dijo tajante Emilio, que no creía en esas cosas, como tampoco lo creyó la mayoría y terminaron contando chistes y chascarrillos, al respecto. Los hermanos sí creían que podía haber algo de cierto en aquello y la prueba era su amiste que había contagiado a todos, poniéndolos contentos y acomedidos.

Emilio se enteró un poco más por César. Lo de la abertura de la nueva entrada, por su conjuro según él, de la transformación de los hermanos y del temblor que volvió a cerrar la nueva entrada, las dos nuevas entradas.

—¿Qué temblor? —preguntó Emilio.

—El temblor de hoy.

—Hoy no ha habido temblor. Es parte de las alucinaciones. Tal vez por eso se llame el Encanto.

—Todo ha sido real y no fue derrumbe. Fue el efecto del temblor sobre un tipo de energía que cerró el portal donde se encontraba el tesoro.

—Que sea como quieras, pero no ha habido temblor —insistió Emilio.

—Fue temblor y por el temblor, el derrumbe —remató César, sin querer escuchar otra cosa.

Nadie de los de la reunión coincidían con el temblor, solo los hermanos, pero sin estar muy seguros; y César, claro.

Levantaron el campamento y guardaron sus armas; tal vez muy pronto, porque cuando se disponían a partir ya con sus mochilas a cuestas, Pedro les pidió silencio.

—Alguien viene.

—¿Cómo sabes? —dijo Lorenzo.

—¡Chiss! Silencio. Escuchen, vienen de arriba, por la quebrada. Deberíamos irnos —dijo Pedro empezando a caminar.

Todos lo siguieron, mientras Pedro les rogaba que no hagan ruido. Así llegaron hasta el Paraje de los Guabos, donde se detuvieron y trataron de divisar a los intrusos. Pedro se subió a un guayacán y pudo observar que eran ocho y una mujer y al parecer estaban armados.

—Sigamos —dijo Aurelio que había permanecido callado, asustado ante la presencia de extraños armados.

—Sigamos, que estos sujetos no parecen estar jugando —dijo Pedro bajando del árbol.

El rápido descenso hasta el paraje de los Guabos los había cansado, por eso se detuvieron y provecharon el momento para mojarse la cara y los brazos en la quebrada. El agua estaba helada pero agradable, aunque no había tiempo para perder como si fuera un día de campo, con hombres armados cerca, aunque algunos, a pesar de las advertencias de Pedro, se sacaron los zapatos para mojarse los pies, otros aún trataron de pescar camarones. Alguno hasta se hizo un ramo de flores de naranjo, como azahar de novia, de unas plantas que no se sabe quién había plantado a la orilla del riachuelo.

El ascenso de regreso hasta la cumbre más alta, lo hicieron con la precaución de no delatar su presencia. En la cumbre, otearon hacia el lugar donde se ubicaba la cueva en busca de los extraños, así pudieron darse cuenta de que se movían, al menos cuatro sujetos al paraje de los Guabos.

—Parece que nos vienen siguiendo —dijo Pedro que se sentía amenazado por la presencia de los extraños.

—No creo —dijo César— estos han venido por Hoyle y no les conviene venir por este camino.

—Sí, pero con esos fusiles, nos pueden disparar desde allá —dijo Lorenzo, como experto.

—Entonces sigamos. Qué esperamos —dijo Aurelio.

Capítulo doce

Todos se preguntaban si el efecto del Encanto sobre los hermanos era duradero, por lo que estaban pendientes de lo que hacían o decían, así pudieron observar algunos actos inusuales en ellos, como ver a Lorenzo pedir disculpas a los hombres de Aurelio, los García, que habían sido amarrados con una cadena al tronco de un guayacán, o cómo Aurelio se tomó la molestia de llevar a Pedro hasta la puerta de su casa y gratificarlo con mil soles más, así como liquidar los servicios de Emilio sin regatear, o ya en Lima, reconocerle los viáticos y pasajes de César, a quien también lo aseguraron en su trabajo y le expandieron su área de ventas a todo el norte y le ofrecieron la compra de un vehículo para que se movilice. Y como la cereza del pastel, aceptaron pagarle la computadora quemada en la camioneta accidentada. Después de todo esto ya no quedaría duda del cambio.

Al pasar por el frente de la casa de Alfonso, en el retorno del Encanto, se detuvieron y bajaron César, Joel y Aurelio; y claro, Emilio, a despedirse y a disculparse si es que lo habían incomodado.

—Muchas gracias —fue lo único que dijo Alfonso, que tampoco esperaba el gesto.

Aurelio le presentó a su hermano, mientras Emilio se fue a recoger un maletín con ropa que había traído de Tumbes.

A Alfonso, Lorenzo le cayó mejor y es que siempre caía mejor, pero esta vez al parecer no era una estrategia para obtener beneficios. También Aurelio parecía haber cambiado. «Tal vez me apresuré a calificar a las personas» se dijo Alfonso, que siempre procuraba ser justo.

Mientras estaban sentados en el cobertizo de la casa, una niña pasó con una botella de gaseosa amarilla. Lorenzo le preguntó a Alfonso si donde la vendían también tendrían cervecita. El dueño de casa se ofreció enviar a que le compren y así pudieron hacer un brindis por haberse conocido. Todos participaron chocando sus vasos, incluido Emilio al volver con su ropa y Alfonso desde luego como el agasajado.

—Qué agradable se está aquí, amigo Alfonso —dijo Lorenzo.

—Dicen que todo paisaje es bonito, mientras no se sea parte de él —respondió Alfonso, repitiendo lo que había escuchado a alguien.

—Ja, ja, debe ser, pero la tranquilidad que se respira aquí es maravillosa.

Se despidieron de Alfonso cada uno con un apretón de manos, hasta los desconocidos; y Lorenzo le prometió que un día regresaría con su familia a visitarlo.

Capítulo trece

Los hermanos Perales ya no hablaron de volver por el tesoro. Estaba claro para ellos dónde se encontraba; y no era en la cueva encantada. El deseo irrefrenable por competir que los había guiado siempre se convirtió, gracias al milagro del Encanto, en una especie de obsesión por colaborar el uno con el otro. Su nueva forma de ser hermanos se extendió a su entorno. Generaron un ambiente de trabajo positivo en su empresa, que pronto dio sus frutos, en los trabajadores que ahora los saludaban con afecto, cuando antes lo hacían de reojo, con resentimiento; en los clientes y sobre todo en la calidad de estos, los tahúres de antes fueron desapareciendo poco a poco. Empezaron a reconocer a un buen amigo apartándose de los aduladores que vivían a expensas de sus conflictos. Sus familias se unieron y compartían días de campo o de playa en una misma casa.

Querían recuperar el tiempo perdido, ahora que veían lejanos los días oscuros de la envidia y de los celos. Al fin habían encontrado su tesoro.

César volvió una vez más a la cueva con un nuevo socio, sin Pedro ni Emilio que rechazaron la oferta. La cueva era la misma de antes, con su arroyuelo, sus estalactitas y sus murciélagos. El socio se sintió estafado, porque no hubo tesoro, ni los versos quechuas pudieron hacer lo mismo.

César siguió contando lo que vio con los hermanos Perales, pero ya nadie le creía y solo se burlaban de sus teorías sobre la cuarta dimensión y los portales.

Dos días después del accidente de la panamericana, Emilio regresó a su pueblo y buscó a su hermano, para que lo ocupe en alguno de sus emprendimientos.

José Beltrán y Joel, los cuñados, eran vistos por la familia, como los artífices del amiste de los hermanos, aunque ellos no tenían idea de cómo sucedió, se sentían contentos con el título y estrecharon sus lazos amicales también, en realidad se hicieron amigos, porque anteriormente, la enemistad de sus cuñados se lo habían impedido.

Lima, 12 de mayo de 2022

Acerca del autor

Ingeniero químico, con estudios en doctorado de Medio Ambiente y Desarrollo Sostenible.
Ha publicado cuatro libros, *Amor Vetado – Entre el honor y el prejuicio*, *El Perdido Mackenzie – O los giros del destino*, *Bosque Seco – Cuentos aldeanos I*, *El Árbol de Don Francisco – Las raíces*.

Índice